浙江省主题出版重点项目
宁波市文化精品工程项目

中国有个滕头村

王宏甲　萧雨林 ◎ 著

图书在版编目（CIP）数据

中国有个滕头村 / 王宏甲，萧雨林著. —宁波：宁波出版社，2019.3

ISBN 978-7-5526-3481-5

Ⅰ. ①中… Ⅱ. ①王… ②萧… Ⅲ. ①报告文学—中国—当代 Ⅳ. ① I25

中国版本图书馆 CIP 数据核字（2019）第 034212 号

中国有个滕头村

王宏甲　萧雨林　著

出版发行	宁波出版社
地　　址	宁波市甬江大道 1 号宁波书城 8 号楼 6 楼
邮　　编	315040
联系电话	0574-87259609
网　　址	http://www.nbcbs.com
策　　划	袁志坚
责任编辑	袁志坚　苗梁婕　徐　飞
装帧设计	马　力
责任校对	虞姬颖
责任印制	陈　钰
印　　刷	宁波白云印刷有限公司
开　　本	710 毫米 ×1000 毫米　1/16
印　　张	15
字　　数	178 千
版　　次	2019 年 3 月第 1 版
印　　次	2019 年 3 月第 1 次印刷
标准书号	ISBN 978-7-5526-3481-5
定　　价	40.00 元

本书所用照片由滕头村委会提供，特此致谢！

本书若有倒装缺页影响阅读，请与出版社联系调换，电话：0574-87248279

卷首诗

寸土万担泥,
双肩挑日月。
弯下腰身,
你理解了奋斗。

经历过贫穷,
更懂得富有。
学会奉献,
那是你在自救。

向着光明走,
一犁耕到头。
共同致富,
世界会为你让路。

导 言

新中国成立,是几千年分散耕作的土地伟大的转机。这个村庄从出现互助组、合作社到建立起土地集体所有制,就认准了发展集体经济,恪勤坚守,始终不渝。

劳动和分配,一直存在于各种社会形态。现在,这个村庄因集体经济的存在,不是一般地说"按劳分配"或"按需分配",而是婴儿一出生就可领取每月1500元的福利,成年后有了劳动工资,每月1500元的福利仍然有。换句话说,这项福利,男女老幼人人都有。每个辛劳了一生的村民,也不是一般地说"老有所养",而是不分男女,每人都有退休工资,最低每月3500元。这是他们自己劳动一生,积累在集体经济中的劳动成果。每家有别墅小楼或复式套房。从前这是个远近闻名的光棍村,如今城里的女大学毕业生也想嫁到这个村。一旦落户本村,新婚夫妻就可以拿着结婚证去领一套精装修的复式房。村里有老人保健院，青年、儿童有需要也可以去就诊。

这个村没有暴发户，没有贫困户，家家都是富裕户。

怎么做到的呢？

这个村在人均不到一亩的可耕地里发展立体农业、生态农业，值得全国很多农村借鉴。他们"接二连三"发展出的乡村工业和旅游业都令人惊叹。其工业坚守绿色发展，绝不为了发展经济而牺牲环境。他们建有全国第一家村级环境保护委员会，投资一千多万元建起了全国第一个村级 PM2.5 监测站。当雾霾影响国人健康生活理念的时候，他们的村庄号称"出卖空气的村庄"——竟然把本村发展成了国家 AAAAA 级景区。可思议否？他们获得联合国有关组织颁发的"全球生态 500 佳"和"世界十佳和谐乡村"奖牌。"既要绿水青山，也要金山银山"，是这个村庄真正的实践。

上海世博会的主题是"城市，让生活更美好"，各国在上海世博会建的城市馆堪称全球"城市聚会"。这个村庄获准在世博会建一个乡村馆，这是全球唯一。可思议否？这是个什么村？

你知道大寨村、华西村、南街村、塘约村……听说过滕头村吗？这个村在浙江地区如雷贯耳，在其他很多地方却知之者不多。宁波是中国江南最富庶的地区之一。你有理由认为位于宁波的滕头村，富不足奇。但是，它曾经是宁波地区最穷的村。土改时全村没有一户地主。一个穷村要变成这个富庶地区的富村，很难。如今在富庶的宁波地区，与很多农村相比，滕头村就像羊群里的一匹骆驼，这是不是难上加难？

它是怎么做到的？究竟凭什么？

先前，滕头全村不到八百亩零散耕地分为一千二百多块，地势低洼，一场大雨，四邻八村的雨水涌向这里，庄稼就被淹了。二十世纪六十年代，党号召搞农田基本建设，滕头村用十五年改土造田，硬是把全村土地改成了二百块平平整整一模一样大的田地，简直就像是用笔和尺在纸上按统一规格画出来的。而且，在这个无河村挖出了环绕村庄的河。极宝贵的不只是造出了梦一般的家乡，更因十五年艰苦奋斗，村里每个人都亲身体验到了集体改天换地的力量。何谓改天？从此不再靠天吃饭就是改了天。正是这种渗透于灵魂、流淌在血液中的集体主义观念和精神，成为滕头村此后坚持不变的真正的财富。

是什么凝聚起滕头村农民的集体力量？

"一犁耕到头，自己救自己。"这是滕头村第一任党支部书记傅嘉良的名言。前半句讲的是跟着共产党走共同富裕的道路不动摇，后半句讲的是依靠全体村民力量建设自己的家园。这就是滕头村的两大法宝：党的领导和村民自治。

党的工作的出发点和落脚点是一切为了人民，一切依靠人民。滕头村的村民自治，也充分体现了村党组织坚持把党的宗旨、党的领导贯彻到村庄的一切领域。

习近平总书记曾说："要牢牢把握改革开放的前进方向。"他还强调，"该改的、能改的我们坚决改，不该改的、不能改的坚决不改"。滕头村就是这么做的。有疑难的问题，涉及村民根本利益的决策，听取村中老人、妇女、青年各个群体的意见。一切以是否符合村民利益为标准。该村的退休制度、医疗保障、免费教育、住房分配、其他各种福利等等，以及发展什么经济，不发展什么经济，怎么发展，怎么分配，都不是上级哪个部门规定的，都是村民自治的结果。所以，党的领导和村民自治同等重要，缺一不可。

习近平总书记在任浙江省委书记期间曾经四次到滕头村，对滕头村很了解。2016 年 7 月 1 日，总书记为滕头村第二任党委书记傅企平颁发"全国优秀党务工作者"证书时说："常青树不容易，一定要继续走在前列。"这是赞誉也是勉励。

滕头村首任党支部书记傅嘉良几乎是一个乡村带头人的完美典型。了解他的人都会觉得，在他之后要有一个和他相当的村党组织书记是不可能的。这种说法不是没有道理的。美好也会沦丧，人的能力和经济利益如果为自私所统治，就会构成对自己的吞噬。如果后任改变前任为全体村民谋利益的发展方向，这个村庄就一定会遭受重大损失。村庄也会迅速两极分化，曾经为艰辛探索道路的人们燃起的火炬，也会悲伤地熄灭。

令人欣慰的是，继任者傅企平也极其优秀！如今第三任村党委书记也展现出令人敬佩的道路坚守和经济开拓能力。村庄三任书记，一任接一任，坚定不移地发展集体经济，坚持共同富裕的方向，在此基础上才有更广阔的开拓发展。这是滕头村非常重要的经验，也是这个村庄的奇迹。

比经济建设更重要的是人的建设。滕头村从娃娃抓起，村里幼儿园、小学均实行免费教育。中学及以上，建有从中学生到博士生的奖学制度。至今为止，滕头子女拥有大学本科及以上学历的达全村户籍人口的 13%。更重要的是长期坚持新中国以来对农民进行的文化、科学教育；改革开放以来，非常重视对各经济部门的人员进行培训。村中还建有新时代农民讲习所，延续着培训干部和农民的传统。由于坚持走共同富裕的道路，滕头村在人的建设中，培养出大批坚持发展集体经济、重视发展绿色产业的干部。

滕头户籍人口至今只有八百多人，老一辈改土造田的农民退休后，相当精干的年轻一代把优化的绿色发展方式、先进的技术和经营管理方法，推广到多个省的乡村。这样的方式，切实地以先进带动其他村庄（特别是贫困村）共同发展。在这实践中，资源共享，是信息时代的制胜法则；共同致富，仍然是合作的法宝。这种方式使滕头村突破了土地和人力资源对自身的限制，发展前景变得无限广阔。这是滕头村非常重要而独特的经验。这也是广籍人口只有八百多人的滕头村，2018 年的社会生产总值竟达到 97.43 亿元的原因。

滕头村的成就，是新中国成立七十年三代农民，从农业时代走进乡村工业时代，挺进信息时代，始终坚定不移地走共同富裕的社会主义道路而迸发出的巨大力量所创造的奇迹。愿滕头村如习近平总书记所勉励的，永远茂盛发展，无愧于"常青树"的称号。

2018 年 12 月

目 录

序 章 | 人类会有第三种栖居地吗

1. 世博会上的乡村馆 ………………………………………… 3
2. 为什么会是滕头 …………………………………………… 7
3. 值得重视的"乡村神话" …………………………………… 11

第一章 | 一犁耕到头

1. 最穷的人跟我来 …………………………………………… 15
2. 看见集体的力量 …………………………………………… 21
3. 看到个人的利益 …………………………………………… 26
4. "做煞大队"是怎么来的 …………………………………… 31

5. 先治坡，再治窝 40
6. 初试立体农业 44
7. 地没有分，人心就不散 47
8. 把地种出"花"来 54
9. 可贵的生态自觉 56
10. 江泽民总书记夸他们了不起 60
11. 鸡棚里办起服装厂 63
12. 造厂三部曲 71
13. 联合国来人了 75
14. 第一家村级环保委员会 78
15. 历史性的交接 82
16. 一个乡村带头人的完美典范 87
17. 你要去看看萧王庙 90

第二章 | 在继承中创新

1. 滕头"绿卡" 99
2. 转制，还是不转 105

3. 生态立村是滕头的"宪法" ... 109

4. 好看的村庄能卖钱 ... 116

5. 进军世博会 ... 121

6. 酷爱学习的全国人大代表 ... 128

7. 宁可少一个人才，不可出一个歪坯子 ... 132

8. 那些年，被他骂过的年轻人 ... 135

9. 不要忽视了这样一个群体 ... 145

10. "三先"与"五抓五不忘" ... 148

11. 先富还要带后富 ... 152

12. 书记病倒了 ... 156

13. 他把自己活成了一棵树 ... 159

第三章 新时代，再出发

1. 临危受命 ... 165

2. 傅平均的"草根成长史" ... 169

3. 滕头傅氏溯源 ... 178

4. 新书记的"管理经" ... 182

5. 新时代的"滕头速度" 184

6. 这个时代要讲共享 189

7. 傅志存的忧虑 192

8. 老年人更有福了 196

9. 新一代青年遇到的挑战 199

第四章 | 乡村振兴的"中国样板"

1. 始终坚持集体主义道路 207

2. 干事业要有"一犁耕到头"的精神 215

3. 要有主动学习的精神 218

4. 要有敢于担当的精神 220

5. 寄语文化振兴 222

序 章

人类会有第三种栖居地吗

千百年来,人类的居住地一直被分化为城市和农村两极。有没有第三种栖居地?工业时代出现,城市更被认为是文明与现代的象征,农村成为封闭与落后的代名词。上海世博会以展示"城市"为主题,其中出现了唯一的乡村案例馆——中国滕头馆。它意味着什么?滕头显然不是城市,滕头是传统意义上的乡村吗?有人称之为"诗意的栖居地",有人称之为"乡村神话"。

1 | 世博会上的乡村馆

写滕头这本书，要从哪里开头呢？

至少有十种方式可以进入这个村庄。有人说，它像是一颗钻石，每一面都会闪光。你很难说哪一面最亮，也难说哪一种才是"正确的打开方式"。

好吧，就从世博会开始。

2010年，上海世博会。那是第四十一届世界博览会。

那是一次城市的盛会。你应该还记得，那一届世博会的主题是"城市，让生活更美好"。上海世博园，沿着黄浦江两岸，南浦大桥和卢浦大桥之间的滨江城市带展开，本身也在向世界展示水波旖旎、微风拂面的城市之美。189个国家和地区的城市馆，在这里盛装以待，向世人讲述不同国度的城市风情。

当你流连于东西方城市不同的风格，阅不尽它们的繁华之时，忽然，你看到一座不一样的馆——它的外观，非常乡村，整个外墙以黑白灰为主色调，那是江南水乡的独特风韵。凝神细看，你可能会感觉到一种震撼!

这面被称为"瓦爿墙"的外墙,是用五十多万块废瓦残片垒砌而成,你仿佛可以触摸到这片土地惜物的品质,还有它悠长的历史。

这个馆,展示的究竟是城市,还是乡村?

你不由自主走进去,于是你知道了,中国有一个叫滕头的村庄。这个馆叫"滕头馆",这是一个村庄在上海世界博览会上建的馆。这个馆巍然挺立,有两层楼高,比一些国家建的城市馆还大。

怎么回事?在这"城市聚会"的地方,怎么有一个乡村馆?

第一届世博会是英国人于1851年在伦敦举办的。这个发明了蒸汽机的国家,其时已经是世界上最强盛的工业国。伦敦世博会向世界预示了工业化时代的到来,大量的展品诠释了现代工业的发展和人类发明创造的想象力。似乎从那时开始,农村就被视为落后的地方了。

从伦敦世博会到上海世博会,时光走过了159年。从展示工业品到展示城市,似乎一直在讲述农村的"过时"。二十一世纪被认为是城市发展的重要时期,上世纪人们就预计,到2010年,全球总人口将有55%居住在城市。对未来城市生活的憧憬与展望,是全球性的课题。

那么,为什么在上海世博会出现了一个乡村馆?

这个乡村馆的出现,有什么意义?

中国人说"物以稀为贵",这个世博会上唯一的乡村馆,是不是颇为珍贵?它确实吸引了世界的目光,世博会期间,每天到滕头馆参观的"老外"为数不少。

走进滕头馆,你会在《前言》里看到这样一段文字:

滕头很小,她位于中国东海之滨,你很难在地图上找到她。滕头很大,因为生活在这片土地上的父老乡亲,追求的是人类生生不息的伟大主题——人与自然和谐共存,人与人和谐相处。

你还会注意到那句充满自信与豪迈的"滕头宣言":"乡村,让城市更向往。"

滕头馆的内墙同样有看头。外墙是"瓦爿墙",内墙则是"竹片墙"。厚厚的水泥墙上凸显的纹理,仿佛是把排排并列的圆竹从中剖开后固化在墙上。据说,这是宁波工匠采用独有的竹片模板制作技艺制成的。

从馆内仰望屋顶,你会看到几十棵数米高的大树。屋顶长树,屋边绕竹,园内种稻,这种"装扮",在世博园区绝无仅有。而屋顶的试验田,垂直的生态墙,可以让你采摘到富有奉化与宁波地方特色的果品。

整个展馆充分体现了空间、园林和生态的有机结合。你在这里可以看到滕头村民奋斗的足迹、现代化建设的成就,以及滕头村民与自然和谐相处的乡村生活。

这就是滕头馆,上海世博会上唯一的乡村案例馆。

一个东海之滨的小村,为什么能够在这里建馆?

千百年来,人类的居住地一直被分化为城市和农村两极。

城市,被认为是现代与文明的象征,而乡村作为城市的对应物,一直是封闭与落后的代名词。但是,当时代发展到今天,来自城市的你,是否感到城市已经生了"病"——"城市病"。人口密集,交通拥堵,环境污染，千城一面……有不少城市，被人们称为"钢筋水泥的丛林""不会呼吸的地面"，于是上海世博会以城市为主题，探讨城市向何处去。

乡村呢？今日乡村是怎样的情形？

今天的大多数乡村，还无法成为"诗意的栖居地"。非洲、南美、阿拉伯国家，或者印度……都有很多贫穷的乡村，甚至不宜居住的乡村。中国农村正在进行的脱贫攻坚，无疑是改变贫困处境的伟大事业。

工业化与城市化被描述为浪潮，在土地上难以生存的农民纷纷向城市涌去，农村日渐凋敝。这是世界现代化进程中的普遍现象，中国的现代化也未能幸免，所以才有了"乡村振兴"这一战略的提出。

人类曾经生活在洞穴里，后来有了村落，再后来有了城市。古希腊人看到的最早的城市，出现在西亚的苏美尔地区，那里被视为人类最早的文明发祥地之一。其重要标志是苏美尔人有了城市，建立了城邦。考古学家以发现苏美尔城市为依据，认为苏美尔文明约在公元前4000年就存在了。英语里"文明"与"城市"是同一个词根。按这么看，城市的历史，距今已有六千多年。

难道人类除了生活在农村，就是城市？

人类有没有第三种栖居地？

滕头馆出现在第四十一届世界博览会，昭示着什么？

它是不是把一个新的理想，放在了世界面前？

2 | 为什么会是滕头

这里不能不先说说浙江宁波。

考古发现,这里的先民,在七千年前就种植水稻,创造了灿烂的河姆渡文化。这片土地上悠久的农业文明,孕育和滋养了众多文化名人。

到南宋时期,宁波出现了一大批精通文史哲的官员,其中有一门三宰相的鄞县史氏家族。《三字经》的作者王应麟出现在宋元之际。"心学"集大成者王守仁是明代著名思想家、军事家、政治家,其"致良知""知行合一"学说影响至今。被誉为"天下读书种子"的名臣方孝孺,还有四位内阁首辅沈一贯、张煌言、熊汝霖和沈宸荃都出自明代。

清代的"浙东学派",产生了以黄宗羲、万斯同、全祖望等人为代表的经史学派,上承宋代吕祖谦、陈亮等先贤,其经世致用的精神对后世影响深远。

民国时期,宁波出现了作家柔石、殷夫、唐弢,书法家沙孟海和国画大师潘天寿。蒋中正、蒋经国父子,以及一批民国军政要员均是宁波籍。

甬地宜商,人皆善贾。甬商是宁波的一张重要名片。宁波商帮兴起于明代中晚期，以创办同仁堂的乐显扬为代表。清代中晚期，甬商登陆上海，成为重要的商业和社会力量。对此，孙中山先生曾评价道："凡吾国各埠，莫不有甬人事业。即欧洲各国，亦多甬商足迹，其能力之大，固可首屈一指也。"

第二次世界大战以后，宁波商帮转移到中国香港、北美等地，代表人物为王宽诚、包玉刚、邵逸夫、李达三等。

在中国近代史上，作为最早被迫"五口通商"的城市之一，宁波创造了一百多个"中国第一"和"中国之最"：第一家日用化工厂、第一家机器染织企业、第一家汽车出租公司……出现了第一套中山装、第一套西服和第一家西服店，第一台电影磁性录音机由宁波人林圣清发明……中国最早的现代华人银行、最早的保险公司、最早的房地产公司、最早的证券交易所等均由宁波人创办。

当代，宁波是副省级城市、计划单列市、首批沿海开放城市、中国大陆综合竞争力前十五强城市、现代化国际港口城市。宁波是"海上丝绸之路"的东方始发港，长三角五人区域中心之一，宁波港被国际港航界权威杂志评为"世界五佳港口"之一。

无论是历史文化还是现代文明，这座城市都有太多内容可以向世界展示。

可是，出现在上海世界博览会的，为什么是滕头这个小地方、"乡下头"？

滕头，究竟是一个怎样的存在？

滕头能够走上世博会，无疑是富裕的。在滕头有一句流行语："滕头没有暴发户，没有贫困户，家家都是富裕户。"

滕头有多富？

2009年（上海世博会前一年），这个面积不到2平方公里、户籍人口只有800余人的浙东小村，社会生产总值就达到了40.21亿元，村民人均纯收入达到2.4万元。

这里，我们不是要为滕头"炫富"，滕头最本质的东西也绝非一个"富"字可以概括。

你可见过一个村庄，它本身就是一个国家AAAAA级旅游景区？

你可见过一个村庄，它同时拥有"全球生态500佳"和"世界十佳和谐乡村"两项世界级桂冠？

你可见过一个村庄，先后获得"全国文明村""全国先进基层党组织""中国人居环境范例奖"等70多项国家级荣誉？

你可见过一个村庄，号称是"出卖空气的村庄"？

早在1991年，时任中共中央总书记江泽民就夸滕头是"了不起的村庄"。

1993年，联合国副秘书长伊丽莎白·多德斯韦尔访问滕头村后，感叹道："我到过世界上很多国家，很少看到像滕头村这样美丽整洁的村庄。"

2001年，越南共产党中央总书记农德孟考察滕头后说："我从这里知道了社会主义新农村是什么样子的。"

2009年3月，全国两会期间，时任中共中央政治局常委、国家副主席的习近平，在看望浙江代表团时，称赞滕头村是"浙江繁荣发展和农业经济的缩影"。2016年7月1日，在庆祝中国共产党成立95周年大会上，习近平总书记为滕头村党委书记傅企平颁发"全国优秀党务工作者"证书时再次勉励滕头:"常青树不容易,一定要继续走在前列。"如今,这句话就刻在滕头村史馆的入口处。

在世博会上出现滕头,是要向世界提供一个新的人居环境——它既不是城市,也不是传统意义上的乡村;它无论是经济发展还是社会事业的发展水平都不输于城市,它的生态环境又远高于城市。所以,它才有底气向世界宣告:"乡村,让城市更向往。"

它应该是中国未来农村的样子吗?

它是今日乡村振兴的中国样板吗?

3 | 值得重视的"乡村神话"

宁波市奉化区委书记高孟浩,二十多年前在市委政研室工作期间,曾经到滕头驻村调研。当时他对滕头村有一番精妙的总结:"田成方,路成行,清清河水绕村庄;橘子堤,葡萄河,一年四季花果香。"这句颇富诗意的描述,后来被广泛引用。

对于今天的滕头,高孟浩如此评价:"滕头村见证了新中国成立七十年以来的历史,创造了中国共产党领导下的乡村神话。"

宁波市委宣传部新闻处处长,曾任宁波世博接轨办常务副主任的徐猛挺告诉我们,如果把中国农村发展分为几个阶段,滕头的每一步都比别人要领先二十年到三十年。

先说第一步:改土造田。

滕头从二十世纪六十年代到七十年代初,完成了改土造田的壮举,为农业的机械化、规模化、集约化发展,打下了很好的基础。其他大多数乡村,到二十世纪九十年代才开始推行规模化种植。

第二步:村庄建设。

滕头的拆旧村建新村,是从二十世纪七十年代开始的,当时实行整村推进,是典型的新农村建设。而国家层面提出"新农村建设"的概念是在本世纪初,这一步滕头又领先了三十年。

第三步:生态发展。

二十世纪九十年代初,当全国的村镇还在大力引进各种企业,甚至不惜引进污染企业的时候,滕头人已经成立了全国第一家村级环保委员会,对有污染的企业实行一票否决。这种环保自觉意识,也要比别人提前至少十年。当全国两会上首次提出PM2.5的概念时,滕头村已经投资1000多万元,建起了全国第一家村级环境空气质量监测站。之后,滕头将生态与旅游发展相融合,2001年成为全国首批AAAA级景区,也是最早卖门票的村庄。2010年,滕头升级为AAAAA级景区。

从最开始的改土造田,到造房,造厂,造景——滕头,几乎事事走在别人前头。

"滕头神话"是如何创造的?

2018年,我们曾两次深入滕头村调研采访。我们越来越感到,这个"乡村神话"背后的故事,值得我们深加重视。"滕头经验"对于其他乡村的价值和意义,比我们想象的还要大。

第一章

一犁耕到头

　　从几千年分散耕作，到建立土地集体所有制，这是一步跨越千秋，也是万里长征走完第一步。虽然只是在自己的土地上劳动，又何尝不是开始了壮丽的远征。十五年改土造田，是滕头后来一切发展的基础，是滕头走进世界视野的开篇。它锻造了最初的也是最基本的滕头精神："一犁耕到头，自己救自己。"

1 | 最穷的人跟我来

那一年,这一声喊,振奋了这片土地。

那一年,他28岁。村里人都记住了他,傅嘉良。

这片土地实在是太穷了,穷得在这一方乡土中有点扎眼。

不仅土地破碎、贫瘠萧索,这村里的人走出去也与别村的人不同。这个村叫滕头村。

浙江宁波,是江南著名的富庶区,滕头村却是穷得出名。

田弗平,
路弗平,
收成只有二百零,
有囡不嫁滕头人。

这首民谣,分不清是滕头人的自嘲,还是邻村人的创作。这是二十世纪六十年代以前的滕头。这样的滕头,曾让滕头村民吃尽了苦头。

滕头村的地理位置也有点偏，它位于鄞奉平原和西部山区的交错地带，三面环山，一面是平原。剡江从村庄北部流过，经江口流入奉化江。

宁波古称"鄞"，唐时称明州。明代为避国号讳，朱元璋采纳鄞县读书人单仲友的建议，取"海定则波宁"之义，将明州改称宁波。其时中国沿海地区厉行海禁，唯独宁波对外开放。所以在英国政府迫使清政府"五口通商"之前，宁波就是著名的商贸之地。但是，这个三面环山的小村未能分享到商贸之利。

滕头的穷，首先是因为"地薄"。滕头村祖先立足生根的这片土地，是两块高低不平的贫瘠洼地。在1965年之前，滕头村主要有龙潭、涂田两畈土地，周围高，中间低，就像两只饭碗。由于地势低，一场大雨下来，水排不出去，庄稼就被淹死；遇上大旱，水没办法引进来，庄稼又会被旱死，常常是"两只饭碗向天要粮年年空"。直到新中国成立，乡间还流传着这样的歌谣：

  前后龙潭涂田畈，
  赶水不进泄水难，
  一场大雨水满滩。
  冬天屯水鸭，
  蚂蟥像扁担，
  亩产只有二百三。

滕头的穷还有一个原因：地少。当时整个村子土地总面积不到800亩，包括一些不能耕种的坟地、水塘、河滩、荒丘等，人均能耕作的土地不到一亩。农业时代，农民以土地安身立命，地薄加地少，没有人能把村民组织起来去改造土地的贫瘠，生产力也一代代重复着祖祖辈辈单家独户的耕作，谈不上工具的改进，更谈不上生产关系的革新，这就是滕头年复一年贫穷复贫穷的主要原因。

今天的滕头，是宁波市奉化区萧王庙街道的一个村。它的转机无疑出现在1949年。这年5月25日，中国人民解放军第21军61师181团进入奉化县城，滕头村迎来解放。1950年9月下旬，土改工作队进驻滕头村。滕头农民第一次听到"土地改革"这个词。

让土改工作队感到"为难"的是，滕头村竟没有一户人家能达到评地主的条件，只评出五户富农。就这样，别的村庄热热闹闹地分田产，滕头这个没有地主的村庄，连一条板凳都没的分，真是穷到底的一个村。

1951年春，土改结束。800亩农田经过重新分配，村里每户人家都有了几亩薄田。对那些从来没有田产的贫雇农来说，真是新生活的开始。

1952年春，滕头村像别的村一样开始出现互助组。这就是村民的生产方式组织起来的萌芽。一开始，由地块相邻、住房相邻的，或者谈得来的、沾亲带故的几户农民自愿组成松散的临时互助组，从中推举出一位大家都信得过的担任组长。

那时的"互助"，劳动力强的帮助弱的，有耕牛有农具的帮助没有耕牛或者农具不全的，但也有很多人喜欢和劳动力强的富点儿的人家搭伙，还有劳力多较富的人愿意继续单干。那些很穷的户就被挑剩下了，这样的穷户还不少，怎么办？

"最穷的人跟我来！"这一声喊，就在这时候出现了。

这个高高瘦瘦的年轻人，就是傅嘉良。

这一声喊里已经存在超出"互助"的东西。这个年轻人为什么愿意带着最穷的人一起干？他有什么理由这么干？

那时候，乡村里还很少有人意识到，这一声喊里有多大的力量，但是，都知道这个愿意带着穷人一起干的年轻人，好啊！

傅嘉良自己也不清楚，把最穷的农民组织在一起干，除了穷帮穷，把日子过下去，还有没有更大的好处。但是，穷人们的实践要来教育他了。虽然他那时候头脑里还没有"实践"这个词。

以他为组长的互助组，不久就从临时互助组变成了长期互助组。这长期互助组，干活，干什么活，就有一个统一安排了，自觉与不自觉中打破了以往单门独户生产的方式。一年多时间就显出不错的气象。起初人们觉得这个大高个傅嘉良勤奋会干，别的穷组也希望加入到他的组。傅嘉良跟本组农户商量："大家看看，可以吗？"

"你决定吧。"这是那时候组里人常说的一句话。

这么说就是大伙没意见。在这个小小的互助组里，共同的劳动，正在培育出农民们自己的领头人。傅嘉良的互助组就这样变成了初级合作社。

又一年下来，傅嘉良把更多穷乡亲组织起来的这个初级合作社，年终收成竟大大超过了那些兄弟多、工具齐全而不愿与人合作的较富的人家，也超过了那些小互助组。这时候，傅嘉良在琢磨了，为什么最穷的人合起来干，也很好呢？

这时，党组织决定培养他入党了。

为什么愿意带着最穷的人一起干？

或许因为傅嘉良自己就是穷苦出身,而且是"最穷的人"。

1924年10月,傅嘉良出生在滕头村一个赤贫农家。他9岁那年,父亲因患血丝虫病,脚生毒疮,无钱医治,病情日益恶化,最后痛死。他11岁时,母亲也因病去世。他在本村的族塾里读了三年半书,不得不辍学了。老祖母把他养育到14岁,也走了。

14岁那年,傅嘉良开始给本村傅发根家看牛,报酬是可以白吃饭。看了几年牛,到了17岁,因为没有地,他只能靠给人家种地、打短工维持生活。没有房子住,只好寄居在本村好心人傅华恩的家里。

打短工的生活,依然是有上顿而无下顿,有夏衣秋衣而无冬服。长到23岁,傅嘉良个子一米八多了,离乡去上海找生计,在邻村陈家岙村人在上海开的年糕店里做工。做了近一年,看不到出路,只好又回到村里。

他走到哪里都牢牢记着自己的村庄,叫滕头。那是生他的地方。虽然在那里他没有一寸土地,但一个乱冈子上有他父母的坟。有祖坟的地方,就是他的家乡。

他是个有家乡而没有土地的农民。回村后,他只能再给人家打短工。当然,出去见了世面,也有收获。他一边给人家打短工,一边做起了贩草席的生意。他先在本县的方桥、江口一带购进草席,再挑着草席步行到绍兴去叫卖,也曾挑到台州的天台、三门一带去叫卖。在那里把草席换成米,一星期可赚斗把米。然后,再把米贩到象山一带的沿海地区去,再换回盐……往往是一个白天要走过十三道渡口,一百多里路。晚上,他就睡在沿途的祠堂、庙宇门口。有时半路还会碰上土匪强盗,好不容易赚来的一点钱就被搜光了。

小贩是"上磨肩胛下磨脚板"的苦行当，就算是这样辛苦地奔波，还是过着贫困的生活。

　　少时经历的苦难，长大后去上海打工的经历，还有贩卖草席的日子，都让傅嘉良牢牢记着，自己再有力气，都是和穷苦人一样的命运。直到土改分田地，他这个有村庄没土地的人忽然分到了土地，那种感激是他无法用言语表达的。他牢牢记住了共产党好，毛主席好！

　　党说要办互助组，他就办。党说要帮助穷人，他自己也是穷人，只是比别的穷人更有力气，他就应该去帮。道理很简单，就是对联上写的："跟共产党走，听毛主席话。"现在党组织要培养他入党，他又高兴又感激。可以说，往昔的生活磨砺他，也锻炼他，他已初具当一个村庄领导人的素质。

2 | 看见集体的力量

二十世纪五十年代，中国农村经历了三次大变革：土改、合作化和人民公社化运动。那是春秋战国以来土地私有制后"三千年未有之变局"，一家一户男耕女织的劳作方式至此发生了天翻地覆的变革。

中国农民的组织化过程，就是从这种互助合作的集体化开始的，分散的小农在这个时期得到了空前的组织化锻炼。千百年来，中国农民第一次如此大规模组织起来，为创造自己的新生活而劳动。

1956年，傅嘉良又领头办起了一个高级社。这是周边几个村出现的第一个高级社。"高级社是什么样的？"我们问。傅嘉良打开回忆之门，说："我们的高级社有三个合作社。"

"是人多了吗？"

"人也多了。"

"还有什么不同？"

"一个是生产合作社，这个是中心。一个是供销合作社，管买卖。还有一个信用合作社，管存款贷款。"傅嘉良说。

"那时候就搞买卖了吗?"

"有啊。那时候讲妇女解放,男人能干的女人也能干。男女都参加生产了。我们滕头人买个日用品要到奉化城里去,不方便。村里要有个百货店,要有人专门去外面买百货进来,平价卖给大家,供应生活。我们生产的东西也要销出去。"

"所以就办起了供销合作社。"

"对呀。"

"信用合作社又是怎么回事?"

"发展生产要用钱啊,让大家把手里的钱存到社里,不怕没了,还可以分红。"傅嘉良说,那时候还没有集体经济,办个信用合作社,把钱集中起来发展生产,还可以在必要的时候向国家贷款。

不久,滕头村、萧桥头和傅家岙三个村的高级社联合组成"三联社"。三个村中,滕头村和萧桥头是较小的村,傅嘉良担任了"三联社"副主任。他每天起早摸黑带着群众苦干,他接触的工作更多,眼界也更开阔了。

这样,我们看到,从互助组到合作社,再到合作社中的高级社,不仅是在生产中逐渐把劳动力组织起来,还在经营中把合作推进到商贸和金融领域。古老的一家一户的小农经济,分散而无力实现大生产的小生产经营方式,正向互助合作的新兴生产方式迁徙。如此迁徙的不只是一个滕头村。新中国成立初期,有几亿"穷棒子"向组织起来的生产方式发起浩浩荡荡的伟大迁徙。

发生变化的不仅是生产和经营方式,农民们关心的不再只是自己那一亩地上的耕种和产出。一种新的意识,关心共同的生产经营,关心大家利益,谋求共同过上好日子的意识,在农民的头脑里发芽,长出嫩绿的新苗来，那就是社会主义观念的萌生。

如果我们还承认我们的旗帜上写着社会主义，我们的理想是共同富裕，我们应当对我们的祖辈和父辈那一代农民，对探索和开创中国社会主义道路的那一代国家领导人，深怀敬意。

1958年，成立了人民公社。奉化全县抽调各公社农民去兴修横山水库。横山水库位于奉化江支流县江上，坝址在楼岩乡许家村，距奉化县城13公里。横山水库是浙江省重点水库，初修的功能以防洪、灌溉为主。初建时期，它的场面、规模就深深地震撼了傅嘉良。

各路奔赴工地修水库的民工被编为十个营。傅嘉良这年34岁，被任命为萧镇公社（现在为萧王庙街道）民工营营长。工地上集体劳动、集体办伙食，这是农民几千年未有的集体生活经历。工地上红旗招展、喇叭唱歌，那是几千人共同劳动的场面。

我们访问傅嘉良那天，是在他家里，94岁的傅嘉良回顾这段往事时，在沙发上坐直了，记忆特别清晰。

"我是属鼠的，胆子小。"他说。

停了一下，他又说："我也在几千人的大会上发过言。那一次，我说得不错。"他说这话时眼睛发亮，我们仿佛还能看到他青年时代的神情。

他被安排发言，是因为他带领的萧镇民工营在工地劳动竞赛中被评为先进营，成了工地上的一面旗帜。

他听到自己的声音被大喇叭放大后在山谷中回响，他看到了几千人为他的发言鼓掌……那是傅嘉良一生中受熏陶、受教育最深刻的一段经历,那是奠定他理想、信仰最重要的一段青春时光。那样的集体劳动和光荣,深刻地锻造了他的青年时代。那工地上的红旗,从此在他的精神里飘扬了一辈子。

不仅仅是从未经历过这么大的共同劳动的场面。

而且,那是竞赛中的劳动场面。

工地上的标语还有:"男赛赵子龙,女赛穆桂英!"

大喇叭告诉大家,毛主席说"妇女能顶半边天"。不仅男劳力组织起来,妇女也组织起来。组织起来的深度和广度,都是没见过的。傅嘉良亲眼看到了一种从未有过的气吞山河的力量——集体力量,这力量真的可以移山填海,可以改天换地。

十个营,哪个村来的都想争标兵。一种关心集体利益、集体荣誉,奋发向上的精神,一种期望国家强大、期望共同过上好日子的意识,在这个工地上相当旺盛了。

十个营,谁比谁差?要想胜出,真不容易。

萧镇民工营胜出了!傅嘉良在那几千人的大会上发言,体会到了整个萧镇民工营的光荣。

大喇叭不仅唱歌,也播新闻。

工地上能边吃饭边听全国各地的消息。傅嘉良的头脑里从未像这段时光这样装进去这么多全国各地的新鲜事。从广播里他知道,横山水库的劳动场面不是独有的,滕头村的土地贫瘠,无法抵御旱涝,也不是独有的。

我们凝听他的岁月,也去往昔时光中了解他这段青春岁月的背景……看到新中国成立之初的农业,最大问题是江河水患肆虐,河堤决口，淹没冲毁田地村庄曾经是最大祸患。新中国成立后的十年，兴修水利主要的工作是治理江河水患。

1951年，毛主席题词："一定要把淮河修好。"1952年，毛主席视察黄河，号召"要把黄河的事情办好"，同时治理长江。1953年，长江干流上兴建的第一个大型防洪工程——荆江分洪工程完成。1954年，我国第一座大型山谷水库——北京市郊区永定河官厅水库竣工。1958年，毛泽东、朱德、周恩来等党和国家领导人参加北京十三陵水库义务劳动，引领全国党政机关、部队、工厂、学校都参加义务劳动，支援兴修水利。

"水利是农业的命脉。"这句话最早是1934年毛泽东在江西瑞金苏区提出来的。对一个历史悠久的农业国而言，这是一个真理性的认识，也意味着改造山河巨大的劳动量。随着新中国的成立，在二十世纪五十年代的水库工地上，人人都知道了兴修水利的重要性。

这段天天听广播的经历，促使傅嘉良日后养成天天看报纸的习惯，这是他终身学习的源泉。由于广知天下事，他也养成了好琢磨、好研究的习惯。广知天下事，是知彼知己的基础，也是一个村庄的领导者日后能带领全村在多方面领全国之先的重要原因。

3 | 看到个人的利益

萧镇民工营胜出，跟傅嘉良带出来的滕头子弟特别听傅嘉良指挥有关系，他们成为这支队伍的中坚，带动了全营。这段经历也使傅嘉良暗自记住了，要干集体的事业，一定要有一支特别团结的核心力量。滕头这批参加修水库的农民，后来也成为本村兴修水利、改土造田的尖兵和突击队。

修水库结束，傅嘉良和他带出去的队伍回到了滕头。因为在工地上的出色表现，傅嘉良被提拔为"三联大队"党支部书记，并兼任奉化红旗公社萧镇管理区党总支副书记。

这以后滕头和其他农村一样经历了"三年困难时期"。这段非常艰难的岁月，以及1961年和1962年两年间，因党中央对人民公社工作条例的一次次修改，是傅嘉良进一步受到深刻教育的非常重要的时期。

1949年3月5日，毛泽东在中国共产党第七届中央委员会第二次全体会议上的报告，傅嘉良在当上村党支部书记后，反复读过，读了一辈子。

这是一个连毛泽东的敌人都敬畏的经典，它所表现的谦虚谨慎的态度和坚定的信念，都是惊人的。

毛主席说："夺取全国胜利，这只是万里长征走完了第一步。"

毛主席还说："中国的革命是伟大的，但革命以后的路程更长，工作更伟大，更艰苦。"

这是一个伟大的预言，一个清醒的认识。

成功的革命，并不是不会失败。苏维埃，中国共产党的老师，1917年攻打冬宫的革命成功了，1945年攻克柏林的战争胜利了，但是，1991年12月25日，苏联亡党亡国了。

把新中国成立之后的道路，看得比已经艰难无比的长征更艰难、更漫长，这是怎样的眼界！中国共产党带领五亿农民走社会主义道路，是人类历史上将美好理想付诸实践的规模最大的壮举。整个五十年代，都是党和政府带领人民探索道路的时期。不经过曲折艰辛，不犯错误，不经历挫折，是不可能的。中共中央在二十世纪六十年代对人民公社工作条例的一次次修改颁发，正是这一艰难探索的反映。

人民公社制度出现在滕头这片土地，当然不是从天上掉下来的。各自耕种了几千年的农民，要走向组织起来共同过好日子的道路，从生产形式到人的观念都要经历惊心动魄的过程。傅嘉良和他的乡亲，就经历过互助组、初级合作社、高级合作社、高级合作联社，才到人民公社。但是，公社成立初期，各地差别很大，问题不少，中央对公社的组织形式只有原则性规定，迫切需要一个有章可循的工作条例。1961年3月22日，中央工作会议通过了《农村人民公社工作条例（草案）》，文件共十章六十条，简称"农业六十条"。

这第一个"六十条"于 1961 年 3 月 29 日正式向全国下发。它最主要的意义是明确界定了公社、大队、生产队三级各自的责权利，缩小过大的社队规模，确立生产大队为基本核算单位，从制度上杜绝了生产大队的上级对其财产的无偿"平调"，也杜绝了生产大队之间的平均主义。条例还重申，社员的私有财产"永远归社员所有，任何人不得侵犯"，从而杜绝公社、大队、生产队无偿占用社员私有财产的弊端。还恢复了一度被取消的家庭副业，规定了家庭副业的经营范围，并规定社员可以自由处置产品。

此前，傅嘉良已经被任命为滕头村、萧桥头和傅家岙"三联大队"的党支部书记。"六十条"颁布后，"三联大队"分开，上述三个村各自成为独立的大队。傅嘉良担任滕头大队首任党支部书记。

傅嘉良在滕头组织了对"六十条"的传达，他按上级要求，让村里有文化的人，从头到尾一字不落地读给全体党员和全体社员听。

不久，上级派人来收集对"六十条"推行后的意见。有人问傅嘉良，你从"三联大队"党支书变成了滕头一个村的党支书，有不同意见吗？傅嘉良说没有意见。再问，你觉得这样好吗？傅嘉良说好。再问为什么好，还有什么建议？

傅嘉良回顾当初互助组、初级合作社时候的生产和分配情况，那时社员不是太多，谁的能力强、能力弱，干得如何，大家都很清楚，分配也比较合理。现在整个生产大队，干活是在不同的小队里，互相都不大了解，却以大队为核算单位分配，就有分配不合理，没有按劳取酬的问题。

那怎样才更好呢？傅嘉良说，很多人都说，要生产队做主，由生产队自己安排生产和分配更好。

这年 6 月下旬，傅嘉良接到通知到公社去开三级干部会议，听上级传达中央新颁布的经过修订的"六十条"。他听到传达说，正式取消公共食堂，恢复以劳动工分为主要依据进行个人分配，但没有说以生产队为核算单位分配。条例规定了要通过提留公益金对"五保户"予以照顾。还听到增加了一个内容，要求公社各级干部"遵守三大纪律八项注意"。

今天我们重温这些修改增添的内容，看到修改的方向重视按劳取酬，重视对贫困者的照顾，还可以看到干部侵吞公共财产的情况已经出现，中央在加以禁止。

第三次修订的"六十条"是在 1962 年 9 月中共八届十中全会上通过的。这一次真把农业生产基本核算单位定在生产队了，由此建立了"三级所有、队为基础"的公社制度，并宣布"至少三十年不变"。

"六十条"形成之前，毛泽东就倡导全党对农村基层进行调查研究。初稿形成后，广泛征求农村基层的修改意见；修改稿通过后再发到基层实际工作中去检验，发现问题再修改。修改"六十条"的过程循环往复达三次，毛泽东把这个过程概括为"向群众寻求真理"。"六十条"的制定、修改与颁行，不仅是中央农村政策的重大调整，也是"从群众中来，到群众中去"的典型例子。

今天回顾二十世纪五十年代到六十年代初，包括"三年困难时期"，以及党中央对人民公社工作进行的调整，不同的人有不同的看法。官僚主义、浮夸风、侵害农民个人利益、分配不公甚至贪污腐败都出现了。有人把那个时代批得一无是处。傅嘉良却在那十年的亲身经历中，收获了他一生中最重要的财富。

从互助组、合作社到公社组织的修水库，他收获到"集体"二字，这是他以前打短工、贩卖草席，日行百里都没有体会过的。他看到了集体的力量，看到了在集体里面——自己和别人身上爆发出来的强大力量。偷懒的人也是有的，兄弟在一块干活都有偷懒的。那不偷懒还主动大干快干的人，比别人多了什么呢？多了精神的力量。

这不是他自己悟到的，这也是毛主席说的。1956年毛主席在中共八届二中全会上的讲话中说"人是要有一点精神的"。听到这句话，傅嘉良立刻就记住了。从此他知道，人身上有精神这个东西，好精神是一个人特别好的标志。有好精神的人，就可以培养当干部。

"六十条"的每一次修改都重视保护农民个人利益，这使他注意到"个人"，也就是个人利益的重要性。对此，他也毕生铭记。

还有很多新事物，他要去琢磨，去学习。比如从前自家干自家的活，不存在分配问题，除非孩子长大了要分家分财产。众人在一起干活，就有了分配问题。分配一定要合理，要保障每一个人应该得到的利益。按劳取酬，合理分配，其实也是解决"偷懒"问题的一种办法。你要偷懒吗？大家是看得见的，那就给你记上"偷懒"该得的工分。

"六十条"的每一次修改，都保障了走集体化道路不动摇。只有走集体化道路，才能保障每个人都过上好日子。这也是傅嘉良认定了的。

这是傅嘉良从滕头村土改后到1962年十年间的重要收获。他认识了"集体与个人""生产与分配"，认识到合理分配重要，同时保障"五保户"等贫困人口，使每个人都过上好日子也非常重要。那时候他还读书不多，对一次次修改、颁发的"六十条"组织学习，其中的基本原则、基本思想，他用了一辈子，并深深影响了滕头的干部和村民。

4 | "做煞大队"是怎么来的

从担任滕头大队党支部书记开始,傅嘉良就发动村民们在龙潭、涂田两畈土地上开沟挖渠,局部改善了土地条件,让土地对小旱小涝有了初步的抵御能力。

1963年,滕头村的粮食产量达到每亩700斤。这对过去的"亩产只有二百三"是个重大突破。集体的仓库里有了点余粮,社员家里也开始有了隔年的存粮,滕头村的农民基本能吃饱饭了。

那一年,滕头大队被县里评为二等集体模范。

1964年,毛主席号召"农业学大寨"。第二年,在离滕头村七八里路的地方,有一个前胡大队,在改土造田上取得了很大成就。1965年冬,宁波地区在前胡大队召开改土造田现场会,推广前胡的做法和经验。

傅嘉良带了六名党员去参观,看着前胡大队改造后一马平川的土地,他豁然开朗。

"要想改变滕头,一定要改造土地!"这是他在那一个瞬间冒出来的话。

"老傅,前胡这样的典型,你们滕头没法学。"一位农业局的领导跟傅嘉良说。这句话,傅嘉良一直记着。

"怎么没法学?"傅嘉良问。

"滕头的田跟他们没法比,相差太多了。"

傅嘉良当时没有多说什么,但他内心的倔强,跟他一起去参观的党员都知道。他们七嘴八舌地说,前胡人头上扛的是六斤四两,我们也不比他们少半两。前胡能做到的,我们也一定能做到!傅嘉良欣赏这些干部的决心。傅嘉良的豁然开朗,正因为他已经看见了蕴藏在村民内部的集体力量。

就这样,傅嘉良和六位党员憋着一股劲回到村里,立即召开支部会议,讨论通过了改土造田的决定。

滕头党支部,几乎都是年轻人,都参加过修横山水库劳动,朝气蓬勃。说干就干。会上,他们就开始制订改土规划。会开完,傅嘉良就去找人把规划画成一张图。

一张规划图在村子里贴出来,很快就引起强烈反响。

当时的滕头村共有一千二百多块低洼零乱的田地,中间有一百多个坟头,最大的乱坟冈子占地四五亩。还有为数众多的既不能灌溉又无法耕种的小水塘。

看到规划范围内有这么多的河漕、坑塘、坟堆、沙墩、石坎、泥潭,都要挑平填上,大多数人没有信心。

有人直摇头:"图上画画是容易,'寸土万担泥',真要把它平了,可比唐僧取经——历九九八十一难还要难。"

有人连声说:"滕头滕头,苦头吃勿出头。"

当干部们把土地测量标签插到地头时，有人拔掉标签扔到一边，并当面对傅嘉良说："塍头这样的土地能改好挑平，我把六斤四两割下来喂你家的猪。"

傅嘉良首先给干部们做工作，他说："村里人多，三姑六婆九条心，七嘴八舌，这不奇怪。改土是我们认准的路，只有改土才能挖掉穷根。我们干部不能有一丝动摇，再苦再累再难再烦的事，我们都要带头去做！"

没有工程师、技术员，傅嘉良找来村里会盖房子的工匠一起踏勘田畈，请他们帮忙出点子，现场拟方案、定步骤。他们用最原始的工具——竹竿、麻绳来丈量土地，勾画出他们心中理想的良田美景。他们想得很远，不但要削高地、填低田，还要为今后的统一灌溉、适应机械化操作留下空间。

当来自村民的压力慢慢化解时，改土碰上了"拦路虎"——由于历史原因，塍头村的土地和周边村庄的土地犬牙交错，你中有我，我中有你。要想平整土地，实行统一灌溉，势必得与周边村庄以地换地，才能实现整体改造。

求人是热面孔贴冷屁股的事，平时傅嘉良最见不得求人的事，甭说要自己去求人。但为了改土，他把这最难的事揽到了自己头上。他白天照常出工，晚饭后就出门找各村干部"打交道"。傅家岙、萧桥头、王溆浦、张村、塘湾、青云、潘村……一个自然村一个自然村地跑，一个人一个人地找。

那时，他的衣服口袋里放着两包香烟，右边口袋是一角三分一包的"大红鹰"，左边是两角四分一包的"新安江"。

"大红鹰"是自己吸的，"新安江"是请人吸的。因为是塍头主动提出调换土地的，那么在土地面积、土质上，甚至是田埂、沟渠河道都得做出让步。不知道赔了多少笑脸，说了多少好话，终于感动了邻村人，把那些跟十来个邻村相夹杂的一千二百多块大大小小零散的"插花田"调成了连片的田地。

春节是一年中最盛大的节日。1966年的春节，滕头农民过得特别简单匆忙。傅嘉良在年前就开大会跟大家说了春节后要改土造田的事。他说得干脆利落："要串亲的、拜年的，都要在三天之内完成。"

正月初四的早晨。北风凛冽，薄冰未化，滕头人冒着严寒来到了长河塘的田头。

没有举行任何仪式，也没有慷慨激昂的动员令，傅嘉良卷起裤腿跳下河，铲起了第一锹冻土，这就拉开了滕头改土造田的序幕。

看到书记带头下河，村民们纷纷挥动工具干了起来：挖土、平墩、挑土、填土、迁坟、填河、开河、挖渠……

没有任何现代化机械，只有铁锹、扁担和锄头。要把这么多高坡上的土挑到低洼的滩地，工作量已经难以想象。但改土，并不只是把高处挖低，低处填平。为了保持改土后的土地肥力不被破坏，必须先把高处和低洼田的表层肥土剥离，另外存起，再把高处下层的土填在低田上，然后再将原来的表土挑来，铺在削高填低后的新土上，真是"寸土万担泥"。

这还不够。为了进一步改良土质，还得在改造后的新土上施"洞头肥"。所谓"洞头肥"，就是在地上挖出一个个洞，再手捧着肥塞进洞里。要不然，肥浮在面上，雨水一冲就跑了。

因长期泡在低洼地的水中，傅嘉良不幸染上了"流火"（血丝虫病）。对这个病，他可不陌生，他的父亲就是在他9岁时因患上"流火"去世的。发病时，两条小腿红肿得像酒坛子一般粗，俗称"冬瓜脚"，就连空手走路也十分吃力。

尽管如此，傅嘉良仍然每天出现在工地上，挑重担，抬大石块，哪里的活最难做他就在哪里。真的挑不动了，抬不动了，他也不回家，就坐在田埂上指挥村民们干。

今天我们回顾滕头村改土造田那一段岁月，值得关注的不仅是其中的艰苦奋斗精神。前面说过，新中国成立之初，面对江河水患，国家首先组织了治理江河，历十年，基本治住了。接着是修水库。"三年困难时期"无疑也暴露出全国农村的一个巨大弱点，即中国农民几千年单家独户耕种的田地是没有统一的灌溉系统的，这样的土地就无法抵御自然灾害。

为什么会发生全国性的自然灾害呢？

除了全国性的自然因素，还因为当时全国性的田地状态——缺乏灌溉系统。那么，即使江河水患治住了，因为缺乏农田灌溉系统，水未能引入田地，仍然要靠老天"风调雨顺"，否则就难以抵御旱涝之灾。表现在中国北方，就是"十年九旱"写满了历史。

当时的河南林县，就是一个典型的例子。林县的红旗渠是1960年2月动工开凿的。那正是最困难的时期，他们怎么有能力"劈开太行山，引来漳河水"呢？没有集体的力量，就没有红旗渠。这是基本事实，也是新中国才有的奇迹。

据林县县志记载，从明朝正统元年（1436）到1949年的五百多年间,大旱绝收三十余次,"河干井涸,颗粒无收"。1949年林县解放的时候,全县有耕地98.5万亩,其中水浇地只有1.24万亩。请留意,这里再说一遍:缺少水利灌溉设施,正是中国几千年来单家独户耕种的农田的典型困境。

他们引来漳河水,是为了灌溉农田,所以不仅把水从山西引到河南的林县,还修建了通往农田的水利灌溉系统。从此,"十年九旱"一说才从他们家乡的土地上消灭了。因为即使老天终年不雨,那引来的源源不绝的红旗渠水,也能通过灌溉系统滋养土地和庄稼。

林县是一个县,滕头是一个村。滕头的土地特别贫瘠,但缺少水利灌溉设施,并非滕头独有。你已看到,傅嘉良去与别村调换田地,那别村的田地也是"你中有我,我中有你",犬牙交错的。所以,虽然走上集体化道路了,土地却还留着过去几千年农民单干耕作的旧迹。

当年修红旗渠的林县,是一个坚定地改造家园的先行者。滕头也是一个"穷则思变",坚定地改造破碎土地、重建家园的村庄。换句话说,从新中国成立后的第二个十年开始,中国农村逐步开展的农田基本建设,是我们今天不能忘记的改天换地、重建家园的伟大工程。

在傅嘉良的带领下,村民们,男男女女,老老少少,都自觉投入到这场史无前例的伟大工程中。这个工程里有他们的远大理想,有他们的雄心壮志。虽然他们只是在自己的土地上劳动,又何尝不是一次壮丽的远征!

那些年,滕头人没有农闲。改土造田的第一年是正月初四出工的。从第二年开始,除了大年三十和正月初一两天,其他时间他们都在田间劳动。他们说,"小雨小雪是好天"。很多人手掌冻裂了磨破了,稍微包扎一下继续劳动。

那些年，上至六七十岁的老人，下到放假在家的中小学生，都自觉地投入到改土造田的劳动中。连刚过门的媳妇，看到家家户户门前一把锁，也在家里坐不住了，换下嫁衣，加入到改土造田的人流中。

那些年，滕头村的土箕一批又一批地补，扁担一捆又一捆地换，草鞋夜夜打都来不及，很多人在那乱坟冈子里干活也是赤脚上阵。

那些年，滕头人的衣服最容易破的部位是肩胛，总是补了又补，重重叠叠好几层。这就苦了村里的女人们，白天田里的活儿照样做，回到家除了操持一家大小吃饭，每天还要洗洗补补。

林祥月老人如今86岁，回忆起那段岁月，反复说的一句话就是："那时很苦！那时很苦！"

"怎么苦？"

"每天都在田里干活，每天挑担子，从33岁挑到50岁……"

如此改土造田，不是一年两年，是连续十五年。滕头人这么干，在方圆几十里也苦干得出名。长年累月的风吹日晒雨淋，给滕头人留下了特殊的印记，倘若滕头人去奉化赶集，总能被人一眼认出："这是滕头的。"

"滕头人是什么样的？"我们问。

"脸比别人黑，肩膀一边高一边低的，肯定是滕头人。"傅嘉良说。

那几年，滕头村的光棍仍然不少。过去滕头光棍多，是因为村里太穷，所以"有囡不嫁滕头村"。很多小伙子娶的要么是寡妇，要么是离婚再嫁的，要么是从很远的地方来的不识字的妇女。

改土造田时期，滕头村虽然已不像过去那么穷了，却又成了有名的"苦村"，在方圆几十里得了个"做煞大队"的名号。姑娘们听着都怕，哪里敢嫁！

那时村里有户人家，三个儿子都到了成家的年纪，个个身强力壮。那年代，劳力多就称得上是好人家了，但是提了几次亲，都不成功。眼看着儿子一个个要打光棍，做父母的着急起来，到处托人找门路。父母逢人就说：只要女方身体好，会劳动，能养孩子，胖瘦美丑都不在乎。

后来，介绍人有意隐瞒了男方是滕头人这一信息，总算找到一户对象。做父亲的带着烟酒礼品，由介绍人陪同奔去。谁知，开头几句说得好好的，女方父亲一听说是滕头村的，一脸春光马上变作严霜。尽管男方父亲说得口干舌燥，甚至把傅嘉良说的改土造田的前景都搬了出来，对方还是无动于衷。真是"茶杯空了没人添，好话说尽无人应"。最后，对方总算开口了："莫说我有三个女儿，就是有一百个，也不会嫁一个到滕头村。"

这句话刺激了一村的人，也更加激发了滕头人的斗志。

从1965年到1980年，整整15年，滕头人历经磨难，终于完成了改土造田的伟大壮举。

都说数字是枯燥的，请看一下这组数字：15年，滕头村总共投入了43万个工，把原来的1200多块土地改造成200多块"南北走势、大小一致、高低划一、沟渠纵横、排灌方便"的高产良田，总共810亩。

写到这里，是应该要有一首歌的：

寸土万担泥，
双肩挑日月。
弯下腰身，

你理解了奋斗。

经历过贫穷，
更懂得富有。
学会奉献，
那是你在自救。

向着光明走，
一犁耕到头。
共同致富，
世界会为你让路。

改土造田的成功，是滕头发展史上最壮丽的诗篇，是滕头人创造的第一个"神话"。它对滕头的意义，怎么评价都不为过。

十五年的苦干，是滕头后来一切发展的基础，是滕头走向世界的开端。从农业时代走来的滕头人，在这个时期得到了空前的组织化锻炼，因此才能够在发展乡村工业的时期迅速适应组织化的生产，实现工业经济的腾飞。

十五年的苦干，磨砺了滕头人的意志，锻造出了最初也是最基本的滕头精神："一犁耕到头，自己救自己。"

十五年的苦干，也让所有滕头人认识到，要实现共同富裕，必须始终坚持集体主义的道路，依靠集体的力量。正是始终坚持了集体主义，滕头才能成为"常青树"。

5 | 先治坡，再治窝

在滕头改土造田的后期，改土的效益已逐渐释放。

那时讲"以粮为纲"，粮食产量是衡量农业发展的重要指标。1977年，滕头村粮食总产量达到41万公斤，人均产粮573.4公斤；1979年，粮食总产量达到83.25万公斤，亩产达到1003公斤，实现了"超吨粮"。

1979年，在基本完成改土造田的同时，滕头人继续对土地进行整理完善。这个时期，改土造田的成功，已使滕头村变成了南方学大寨的典型。经常有人来参观，最多的时候一天来了五六千人，使小小的滕头村变得像个集市。

1980年，他们继续整治了河道，把长达3685米的明沟，改成了水泥密封的暗沟，形成了明渠排、暗沟灌的排灌系统，实现了农田水利化，不仅解除了内涝的威胁，还大大提高了农田的抗旱能力。

1981年，滕头村遭受了严重的自然灾害，要是在改土造田之前，后果不堪设想，但这一年，全村粮食亩产仍达到744.5公斤，总产量60.65万公斤。

1979年到1981年的三年中，滕头村为国家提供商品粮83万多公斤，每人平均提供商品粮1135公斤，卖给国家超产粮34万多公斤；售出商品猪1209头，超过计划435头；卖给国家橘子4.3万公斤，超过计划4750公斤。

滕头的集体经济也得以迅速壮大。到1981年，全大队有公共积累45万多元，不仅还清了过去5万多元的欠款，还有了流动现金12万多元。村民的口袋里也有了些钱，这一年，村里有电视机2台，电冰箱1台，自行车155辆，缝纫机80台，手表303只。

这时，滕头人称得上吃饱穿暖了，口袋里也有几个钱，村庄呈现着祥和的气氛。村民们认为，好不容易经过了十五个春秋的苦干，滕头人可以歇一歇了。

没想到，就在改土造田的后期，傅嘉良又有了重大谋划。他向支部一班人提出：改土造田结束后，我们的工作重心要立即转到以统一规划、统一建房为重点的村庄改造上来。

改土造田的成功，使傅嘉良在干部群众中树立了更高的威信，他的想法一提出来，立即得到全体支委的赞同。

的确，造完田，就该造房了。安居才能乐业。

二十世纪七十年代，滕头村基本都是年头已久的木结构平房，墙面就用竹编糊上泥，有的是黄土夯成，梁柱被蛀空了就用绳子捆绑加固一下。这样的房子，冬天不挡风，夏天又潮湿。一遇台风天气，人人提心吊胆。全村200多户村民，还有近20个男子30岁左右了还在打光棍。什么原因？没有房子，或者房子太破是重要原因之一。

现在，听说要改造村庄，村民们已不再有当年改土之初的质疑和抵触。大家纷纷说：书记想到我们的心坎里去了！

  1979年10月，滕头村党支部在多次听取村民意见的基础上，正式宣布了造房决定，并提出了一整套完整的实施方案：全部新房由村里统一规划、统一布局、统一建造。先由村民代表、干部、木工、泥工联合组成旧房估价组，把全村民宅按平方、材质，以及楼、平房等因素做一次性估价；然后分期分批拆旧建新，边拆边建边搬迁。

  党支部的决定传到每家每户，村民个个心情激动。因急于改旧换新，许多村民向支部请求先拆自家的房子。但是，也有人担心好事多磨，怕这样好的政策以后会起变化。

  了解到村民的担心，党支部一班人提出：群众的房子先拆，党员干部往后靠。

  即使这样，在拆村建房的实施过程中，还是遇到了困难。那时的村集体经济并不富裕，并不是全部盖好了让村民搬，到了后期，由于建筑材料价格逐步上涨，新房的造价比原来的预算价增加了一倍，便有后拆房的村民觉得自己吃了亏，向党支部提出多分新房，否则就不拆旧房。有一户村民甚至手拿斧头，威吓前去拆房的干部和工匠："谁来拆，就劈谁！"

  那几天，傅嘉良辗转难眠。想来想去，他决定让出夫妻俩本可以分到的一套新房，让这户村民搬进去，自己则住进了儿子的房子。

  这时候，那户村民看到自家的旧屋像鸟窝一样孤零零地留在那里，难看不说，还要被人指责，不得不请人拆除了。

  1987年春节，滕头村格外热闹，家家户户张灯结彩，燃放鞭炮，庆祝他们美丽新村的诞生。春节前，滕头村252户人家全部迁入崭新的楼房。这就是滕头人所称的"第二代住房"——农家楼。

新建的每幢楼房由九个单位户组成,户户门前有庭院,楼房后有一间专放柴草杂物的平房。每户房屋面积不算大,但多数人家由原来的二三十平方米变成了一百多平方米。

由于统一规划、拆旧建新,村庄改造后还比改造前多出了34亩土地,这又是一个意外的收获。

6 | 初试立体农业

早在改土初期,滕头人就在考虑如何提高土地的利用率。虽然改土造田后滕头的土地有所增加,但人均仍然不到一亩。因此,在改土有进展后,傅嘉良提出了利用田头渠边垒土成墩、栽果植树的构想,得到了党支部一班人的赞同。

通过宁波农业技术部门的牵线搭桥,他们从象山买来了一批橘苗,不料引来一场风波。

当村民们准备栽种橘苗时,傅嘉良被叫到了公社。一位县领导问傅嘉良:"你是滕头大队的党支部书记?"

傅嘉良回答:"是。"

县领导接着严肃地对傅嘉良说:"毛主席教导我们要'以粮为纲',滕头是走社会主义道路的典型,你这样种橘子,拖上一条资本主义尾巴,是不行的。"

傅嘉良没有生气,平静地回答:"毛主席说'以粮为纲',后面还有一句'全面发展'。我们是正确理解、全面执行毛主席指示才种橘树的。"

接着，傅嘉良把利用田头渠边栽种橘树的好处，向这位领导解释了一遍：一是可以节省土地；二是种橘树通风好，不影响粮食生产，又能增加集体收入，还能实现土地园林化；三是橘子可做罐头出口创汇，对国家有贡献。

但是，无论傅嘉良说什么，对方都不同意他的意见。

公社领导见傅嘉良听不进县里领导的意见，事后又特地赶来滕头，既是严肃批评也是善意提醒："老傅，你这么干，是要负责任的！"

傅嘉良不怕负责任。当时领导中也有支持种橘子的，县委办公室主任蒋瑞祥就向傅嘉良表示："平心而论，这是件大好事。"后来，他又专门向县委书记汇报这件事，得到了县委书记的肯定。他一汇报完就兴奋地打电话给傅嘉良，告知县委书记的态度。

但是，反对的声音还是有相当大的力量，致使滕头不得不做出局部退让：改"井"字形种植为"一"字形种植，只种在东西方向的渠道上。

1974年，眼看着橘树快要结果了，"橘树问题"又被驻队工作组提了出来。工作组组长提出：种橘树不合法，要全部挖掉！

"我想不通！"这一次傅嘉良坐不住了，"你们要挖，去找贫下中农开会，我回避。如果他们同意挖，我没话说。"

傅嘉良没有出席那一夜由工作组召集的会。参加会议的贫下中农代表一听要挖橘树，一下子就炸了锅。有个贫农向工作组组长扔下一句硬话："你真要砍橘树，先砍我们的头！"

会议开不下去了，人都散了，事情不了了之。

1979年7月21日，浙江省委书记铁瑛来滕头村视察。他在听了汇报，看了现场后说："滕头村改土造田好得很，发展多种经营好得很，种橘子是一举两得!"

省委书记铁瑛,是傅嘉良见过的第一个"大人物"。后来铁瑛又多次来到滕头。铁瑛的话可以说是一锤定音,"橘树风波"就这样过去了。从这件事中,傅嘉良也受到了教育,他看到干部也是多种多样的,怎样才会比较正确?就是要以人民利益为重,遇到问题和困难,要同群众商量,听群众意见。

滕头第一年种橘树,种了1300株。以后逐年增加,到1991年,共种下了3400棵。

傅嘉良算了一笔账:如果将3400棵橘树在地里整批栽种,得用52亩土地,但在机耕路、东西方向的沟渠跑道(暗渠上的覆土层)、河岸两旁增种,既实现了农田园林化,又只占了17亩地,实际节约了35亩地。

田头渠边种橘树,是滕头立体农业和现代农业发展的开端。傅嘉良不仅领导了改土造田、重建家园,还精心构思,对有限的土地予以综合利用、立体开发。这件事,他们后来做得淋漓尽致。

7 | 地没有分，人心就不散

二十世纪八十年代初期，全国农村实行家庭联产承包责任制。在这种情况下，大多数农村都实行了"分田到户"。很多村分得相当彻底，以致多年积累起来的集体经济也迅速分光吃净。

滕头村，依靠集体力量，辛辛苦苦十五年改土造田，改造出的田平平整整、四四方方，每一块田都一模一样大。这样的田园，你没见过，根本就不会相信。可以说，这样的田园，绝无仅有，只能在白纸上拿尺和笔画，才能画得如此整齐划一。

可是它偏偏就有，就在二十世纪八十年代中国浙江省宁波市奉化县萧镇公社的滕头大队。平整的土地上，作为灌溉系统的水渠在地下走，就像城市的下水道。水渠上的厚土层种橘，太阳晒不死，水分充足，橘子长得好，一棵树产量四五百斤。这就像毛主席说的，在一穷二白的土地上画最新最美的图画。

这田里的每一寸土，都是全村集体力量的结晶。田边渠上的每一棵橘树，也都是全体村民集体劳动的结晶。怎么分？像切豆腐那样分吗？

从前，挖掉了多少弯弯曲曲的田埂，才造就了今天这千亩良田没有一条田埂不直的壮丽景观。所有的往事都证明集体力量大、集体的优越性，现在要分田各干各的？如果分田到户，势必会多出很多田埂。各家人口不一，按人口分，那么重新修起来的田埂也将长短不一。田园的美丽壮观，将不复存在。

橘树又该怎么分？傅嘉良曾经顶着压力，坚持保住了橘树，这一次他能保住举世无双的完整田园不被切割分掉吗？

傅嘉良夜夜都睡不着了，他听着田里的蛙声虫鸣响到天亮。

周围的村庄，田都分掉了。工作组住在村里，白天夜里都来做傅嘉良的工作。傅嘉良感到顶不住了……有人见过傅嘉良哭吗？

没人见过。他哭了，在你看不见的地方。

他听到了理想在哭泣。

分，还是不分？这个问题严重地困扰着傅嘉良。

傅嘉良虽然只读过三年半书，但他一直非常善于学习和思考。少年时他看到有很多人去萧王庙进香，敬一个叫萧世显的官员。萧世显是外乡人。为什么敬他？他到这地方来做官，带领大家治理洪水，最后死在了这里。那时,这个受到乡亲们敬仰的官员曾经是傅嘉良的偶像。他想，长大了做一个像萧世显那样给大家做好事的人。那时他的头脑里还没有集体主义思想，但有英雄主义。新中国成立后，他参加互助组，又去修横山水库，直到带领全村人完成长达十五年的改土造田，集体主义思想就像庄稼那样，在他的精神世界里已经长得很茂盛了。

要是分田包干，那不是分田的问题，分田就单干了。单干那还要集体吗？要是不要集体，他过去二十多年建立起来的信念、信仰，放哪里呢？要是不要集体，党支部干什么呢？

"地一分，人心就散了。"那时，傅央改就听过傅嘉良这样说。傅央改如今已经66岁，19岁时能挑405斤，简直就是滕头村的张飞。改土造田时，傅嘉良指到哪里他突击到哪里。

"一个人人只为自己干活的村庄，会有前途吗？"那时，傅嘉良还这样说。

有人说："大锅饭养懒汉。"

傅嘉良说："滕头村走集体化道路，没有懒汉。滕头村是有名的'做煞大队'，大年初二就出去干活。"

也有人说"大集体束缚了生产力的发展""大集体限制了农民个体创造力的发挥"……傅嘉良同样不赞同。滕头农民是靠集体的力量摆脱贫困，开启新生活的。再说，没有集体，你个人能蹦多高？你傅嘉良能一个人去改土造田吗？

二十世纪五十年代，他读过一本上级发的小册子《组织起来》，是毛主席写的。毛主席说，一家一户的个体生产，就是农民自己陷于永远穷苦的根源。他想，合作化以前，滕头村为什么世世代代都这么穷，解放前连个地主都没有，就因为一家一户的小农经济是真正的"穷根"。如果不要集体，单干，就靠这人均不到一亩的地，能富起来吗？

傅嘉良再三思考后认为，实行家庭联产承包责任制，分田到户，并不是要鼓励单干，它应该是集体所有制下的一种责任制，按中央文件说，是"统分结合"的责任制，"宜统则统、宜分则分"。

滕头村的地，终于没有简单分掉。准确地说，滕头虽然也经历了短暂的"分田"，但没有"到户"。

傅央改告诉我们："当时地是分了，但我们还是不知道哪一块地是自己的。"

就是说，在名义上分了，在册子上分了，实际却没有完全落实"到户"。这是傅嘉良的智慧或者"狡猾"吗？傅嘉良始终是一个会认真学习中央文件的人。他那时就说，他们那些分田的是"宜分"的，分得对；我们是"宜统"的，也是遵照中央的要求办。

就在这个时期，江浙一带的乡镇企业异军突起，许多农民开始到工厂打工。这时滕头的企业也萌生了。傅嘉良开始把村民进行分流，办起了更多小企业，但都是集体性质的。

但是，1983年开春，谁去种田？

这是一个问题。

这时，傅嘉良将原先的土地分成"五场"——农场、畜牧场、蔬菜水果场、花卉苗木场、养鱼场，形成了新的土地经营机制，进一步将村民分流，党支部的支委们被分别派去组建五场。

不得不说，这时候，改土造田形成的一个领导班子发挥了关键的作用。这个班子的成员对村集体有深厚的感情，集体生产带来的好处历历在目，他们也舍不得把集体解散掉，于是聚拢在傅嘉良书记身边，共同决策了建五场分流村民的计划。实际上是开始了农、林、牧、副、渔全面发展。如此发展，都涉及销售，也就是开始了农工商全面发展的新阶段。这正是滕头村重要改革的开端。

这时候的村党支部副书记是傅企平，他于1981年担当此任。1983年，他自告奋勇去组建花卉苗木场，被称为建五场的先锋。他用一年多时间开辟了八十多亩盆景园,建起了花卉苗木基地。花卉苗木场日后发展成滕头园林有限公司,在全国各地建有十万余亩苗木基地,成为同行中苗木基地面积规模最大的园林绿化企业。这是后话。

傅嘉良的妻子孙月仙去了村集体的畜牧场养猪,直到60岁才退休。

愿意种田的还是太少。傅嘉良看到千辛万苦一担一担挑出来的良田,也有抛荒长草的了,心痛不已。

"如果农民都不种地,十多亿中国人吃什么?"他这样说过。

他算了一笔账:一人种一亩粮食,一年最多赚200多元钱。所以即使把田分下去,让他单干他也不愿种。如果一人种50亩,就不一样了。那么,可以让愿意种地的村民成规模地耕种。

1986年春,滕头村党支部通过了关于土地适度规模经营,发展家庭农场的改革方案。

消息公布,反应冷淡。

"叫我承包二十亩田,还不如分给我一亩橘树。"

"是呀,橘子树是摇钱树,伸手一摘就能换钱。"

"包地种庄稼谁干呀?"

"服装厂让不让包?我宁可背债也会包。"

那时候,像这样的声音很多。难道有什么错吗?人难道不是趋利的吗?而且,是时代给了你选择,为什么不选择?但傅嘉良感到心疼。好不容易培养起来的集体精神,似乎很容易就要瓦解了。

正当人们议论纷纷时,只听有人说:"我承包50亩田。"

又是傅企平。他已经在做企业了,又回去种田?

是的,这是滕头村最需要他的时刻。他并不是军人,哪里需要哪里去。但是,他在他的村庄做到了:哪里需要哪里去!

"包哪里的田,你选吧。"傅嘉良说。

"把那些最远的田给我,莫撂荒了。"傅企平说。

这话不禁让人想起了傅嘉良那句"最穷的人跟我来"。

滕头还有差田吗?有。距离那成片的改土造田之地很远的田地。傅企平就带头承包了那 50 亩远地差地。

有两位种田好手原本还在犹豫,见傅企平在承包书上签字画押,也下了承包的决心,一下子要去 80 亩。

这样,滕头的地也算包出去了。与其他地方不同的是,这种承包是承包者直接向村集体大面积承包,实行的是集体所有制下家庭联产承包责任制的一种,叫作适度规模经营。

这一年,傅企平带头承包的家庭农场取得了好收成,三位承包者的平均收入超过了万元,一下子跻身当时响当当的"万元户"行列。

眼见承包土地的人挣了钱,第二年开春,要土地的人多了起来。村里像挑女婿一般挑出 11 户承包者,承包土地 400 多亩。为推行土地规模经营,村里成立了机耕农机服务队,为适度规模家庭农场以及其他农户提供配套服务。农机服务队之后发展成农业公司,开始探索农机、农技、社会化服务配套综合服务。

到 1989 年,11 个家庭农场全年粮食亩产 895.3 公斤,比全村平均亩产高了 32.3 公斤。家庭农场不但完成了全村 172.5 吨粮食定购任务,为村办企业职工提供平价口粮 33.3 吨,还把多余的 92 吨粮食卖给国家,粮食商品率达 88.1%。家庭农场平均每户纯收入 15366 元,亩均收入

410.9元，每个劳力平均收入3756元，成为奉化务农致富的典型。

两年后，家庭农场发展到19个，承包了全村95%的耕地，承担了全村172.5吨国家定购粮和集体储备粮，以及大部分在厂职工和其他非农产业社员的口粮。

你不得不佩服傅嘉良这个基层党支部书记的智慧和远见。他在决定改土造田之初，就考虑到要为以后的规模种植打基础；在很多农村分田单干时，他又通过发展规模种植的方式让土地的经营权回归集体。

傅嘉良为什么能做到这些？他曾说过："我们是农民，做任何事情，首先要立足本村，依靠自身，吃苦耐劳，坚定不移。认定了走集体化道路对村民有益，一犁耕到头！"

这"一犁耕到头"是他的名言，更是他的意志，是他跟着共产党奋斗到底的信仰！

傅嘉良还这样说："不论五十年代初党领导我们走互助合作的道路，还是十一届三中全会以后实行家庭联产承包责任制，总的方向都是为了发展集体经济。只有集体经济发展壮大，农村经济的繁荣才有依托，共同富裕的目标才能实现。这是最基本的道理。所以不管风向怎么变，我们始终认准这一条。"

8 | 把地种出"花"来

尽管粮食产量有了很大提高,但滕头村的土地实在太少了。在有限的土地上种什么,滕头人动足了脑筋。他们每一寸土地都不敢浪费,尽可能地合理利用,增加价值。早在种橘树时,他们就有心要做立体农业。现在,是他们尽情发挥的时候了。

为了尽可能发挥土地效益,二十世纪八十年代后期,滕头村已基本形成了五种间作、轮作模式,包括:农作物的间作模式,如稻—稻—麦、稻—稻—油菜;粮肥间作模式,即稻—稻—绿肥;果粮间作立体模式,如橘树—水稻等。

最受称道的是他们的立体种养模式。他们在村庄外围开河养鱼,为了不占地面空间,特地在地下铺设暗渠进行排灌。河堤上种葡萄,葡萄架下又养起了鸟。

鱼、葡萄和鸟之间是什么关系呢?

滕头人的创意是:葡萄除可以供人采摘品尝外,葡萄藤能为鸟遮阴,葡萄掉下来会被鸟吃到,鸟粪落下去可以喂鱼,而鱼塘里的泥粪可以肥果……形成了一个环环相扣的生态链。

在水中也实行了立体养殖：鸭浮水面，鲢鱼跃上层，草鱼游中层，青鱼沉水底。

滕头最初尝试立体种养模式是为了节约土地，最大限度地利用空间，不料，这条"葡萄河"后来竟成了滕头的一道生态景观。滕头村后来被评为"全球生态500佳"，也有这条"葡萄河"的功劳。

这是在村内，在离村较远的156亩山地上，滕头人采取了山顶封山育林、山腰种竹笋、山脚栽桃种橘的种植结构，建立了林竹果相结合的山林立体生态系统，既绿化了荒山、涵养了水源、保持了水土、改善了生态环境，又为村集体增加了收入。1989年，这片山地产春笋9吨，收获柑橘、桃子43吨。全村仅水果一项收入，一年达30多万元。

种植业、林果业又带动了养殖业的发展。滕头人利用本村的农副产品加工成饲料，大力发展养殖业，扩展了畜牧场。养殖业的发展，反过来又促进了种植业和林果业，形成了畜多肥多、肥多粮多的良性循环。至此，滕头村形成了农、林、牧、副、渔全面发展的农业格局。

早在宋代，陈旉在《农书》中就提出了"相继以生成，相资以利用"的思想。滕头村的立体农业，让我们看到了中国农民的智慧和巧思。他们将这种智慧和巧思发挥到了极致，精耕细作，把地种出了"花"。

地少人多是中国农村的普遍现实，俗话说"一亩三分地"，就这一亩三分地，怎样把土地的潜力、人的潜力，发挥到最大？滕头人对土地的立体开发、综合利用，实在有很多可学之处，迄今对全国农村农业的发展仍有很大的示范意义。

9 | 可贵的生态自觉

发展立体农业,把地种出"花"来,的确是滕头人的创造。这种创造的背后,除了地少的现实状况,还有滕头人的生态观。事实上,滕头的立体农业也是生态农业的一种形式。

在众多的"明星村"中,滕头村是生态村庄的典范。很多人常常惊叹滕头生态意识的觉醒要比大多数乡村提前数十年。他们的这种生态意识从何而来呢?

中国是农业大国,农民对于土地原本就有一种天然的情感。农业生产的每个过程都蕴藏丰富的生态精神,比如要种出粮食,就要时刻关注土地与水、阳光、气候以及动植物等的关系。古人的爱物惜物、变废为宝,其实都是生态意识的质朴体现。"天人合一"的哲学观,也蕴藏着中国人的生态观。可以说,中国是生态意识和生态传统最悠久的国家。

然而,究竟从何时起,中国人成了很不注重生态保护的群体呢?在很多人的意识中,城市是现代文明的象征,然而很少有人会去思考,当人类掉进资本主义所构建的"消费主义"的陷阱时,我们所谓现代城市文明是以掠夺整个社会的资源为代价的。比如城市里数不清的饭店每天都在使用一次性筷子，需要砍伐多少树木才能维持人类这种所谓现代生活方式？还有那些用量惊人、无法降解的塑料袋，只因为我们已经习惯了它所带来的"便利"，有多少人关心过它对环境的污染和危害？

我们必须认识到，中国的很多"现代化"，是通过学习西方而来的。在我们大力学习西方的现代文明生活方式时，西方却开始反思自己的生活方式。前些年，网上流传过这样一则故事：中国游客到德国旅游，用餐时点了很多菜，结果吃不完。正准备走时，德国餐厅老板拦住了中国人："你不能走。"

中国游客说："钱我不是付给你了吗？"

德国人一脸严肃地说："钱是你的，但资源是大家的。不是你花了钱，就有权利浪费资源！"

还有一则故事，也发生在德国。有个中国留学生寄宿在一个德国家庭里，一次吃完饭后正放水洗碗，房东老太太冲过来关掉水龙头，怒道："像你这样放水，整个德国的水都要被你放掉了！"

我们不得不反思，现在很多中国人比过去的西方人更加毫无节制地浪费资源。为什么"中国游客"总被外国拿来说事，这里面有需要我们反思的地方。"惜物节用，大道至简"，这本是中国文化传统，我们迫切需要把这些优秀的东西重新找回来。

在这样的社会背景下，滕头人以独立的姿态把中国农民的优点继承下来，向世界展现了中国农民的优秀品质。

滕头人的生态意识，或许不是觉醒，而是一种从苦日子里走出来未曾忘本，或者未被污染的状态。

在改土造田之初,他们想的是改善农业生产条件,挖掉穷根。那时他们已有朦胧的生态意识,但更多是出于一种爱惜土地的本能。后来,因为地少,滕头人不得不想尽办法高效利用土地,在这个过程中催生出他们的生态理念。而在获得"全球生态500佳"的荣誉后,又"倒逼"他们继续坚持生态发展的道路。

我们发现,滕头发展的每一步,都是被困难所逼,用滕头人的话来讲是"长弄堂里赶猪"——别无选择。因为地太差,所以要改土造田;因为地太少,所以必须发展立体农业和生态农业。滕头村就是在一次次克服困难的过程中,享受到困难带给他们的"红利"。

今天,当国家提出乡村振兴战略时,有不少地方提出诸多"客观条件",比如缺资源、缺人才、缺技术,但是论自然条件,会比最初的滕头还要差吗?滕头的奋斗史,是可以给很多乡村以启发的。

从1977年开始,滕头人对村里的山、水、田、林、路进行了全面规划,提出了以生态农业带动村庄发展的目标,这标志着滕头的生态建设进入了自觉阶段。

为了尽可能地保护生态,他们采取了有效的生物措施改良土壤,扩大绿肥种植面积,推行稻草还田,推行"以田养田"。后来又专门成立改良土壤的攻关小组,摸索使用化肥、农药的规律,坚持有机肥为主、化肥为辅的施肥方针和"以土定肥,以缺补缺,平稳促进"的施肥原则,逐年减少纯氮的施用量。

在病虫害防治方面,他们一边保护害虫的天敌,一边完善病虫测报方法,尽可能压缩农药使用的次数和使用面积。这种做法,不仅降低了农业成本，提高了农副产品的质量，也减少了对土地和水体的污染。

此后，滕头村不断发掘农村生态内涵，创造立体农业，发展苗木产业，并先后办起了植物组织培养中心、农业公司、绿色食品公司、园林绿化公司等。其中，园林绿化公司是滕头园林集团的前身。

从 1978 年起，滕头村就开始了户建沼气池和节柴灶相结合的能源建设，而全国乡村推广使用沼气是在 2006 年"新农村建设"概念提出之后。

到了 1991 年，考虑到家家户户单独建沼气池管理不善，产气能力差，牲畜粪便不能全部利用，散落各处反而不利于环境保护等问题，村里投资 65 万元新建了一个容积 500 立方米的沼气站，利用畜牧场粪便日产沼气 1000 立方米，满足了 250 多户农户和村食堂、企业食堂的炊事需求。

滕头村也把生态理念延伸到发展工业的全过程，避免了走上先污染后治理的路子。为此，他们于 1993 年成立了全国第一家村级环保委员会，并于 1999 年投资 1000 多万元建成了全国第一家村级环境空气质量监测站。这些将在后文中讲到。

10 | 江泽民总书记夸他们了不起

1991年10月21日9点55分,一辆草绿色的面包车缓缓地驶进了村口。

"谁来了?"

"肯定是个大人物,老书记和村支委班子全都陪着呢。"

正当大家议论时,不知谁兴奋地喊道:"江泽民总书记来咱们村里视察啦!"

听到这个消息,大家迅速你传我、我传你,在没有人通知的情况下,乡亲们纷纷聚集到村办公楼前来看总书记。

在田头,江泽民用上海话与傅嘉良拉起了家常。

"多少高龄?"

"六十七了。"

"身体好勿啦?"

"好咯。"

"香烟吃勿啦?"

"本来吃得凶,现在戒了。"

"介节约!"总书记笑着说。

傅嘉良笑了,感觉总书记和他这个村书记的交流没有障碍。

江泽民弯腰捧起沉甸甸的稻穗:"今年的收成蛮不错嘛!"

"是的。"傅嘉良笑答,"阿拉一年种一季麦、两季稻,产量有1100多公斤。"

"噢,就是超吨粮!"

接着,傅嘉良向江总书记介绍了村民改土治水的几大战役。总书记了解到村里搞立体农业、生态开发,上面长粮食、水果,水中养鱼虾,而暗灌渠道埋在地下,不禁笑指脚下:"哦,这下面还有'秘密武器'啊!"

不远处有拖拉机在作业,江泽民问:"是12马力的吧?"

"是的。"傅嘉良对江总书记的准确判断感到惊讶和敬佩,"阿拉村里建立了农机服务队,不光有拖拉机、插秧机,连大型联合收割机也有了。"

看了滕头村统一建造的"农家楼",江泽民很欣赏。他说:"现在农村富了,日子好了,大家都盖新房,我们的土地不多,很宝贵,所以农村盖房不要过大过多,住不完,让房子空着也不合算。像你们由村里统一规划,大家的房子连成一片,标准也不过于讲究,朴素、实惠,又节约了许多土地。这样做很合适,走集体化道路好。"

江泽民的话,赢得了村民的阵阵掌声。

江泽民与在场的村民一一握手。与村民毛巧华握手时,他微笑着问:"侬迪套服装啥地方买咯?"

毛巧华激动得差点流泪："是阿拉服装厂做的。"

江泽民开心地笑了："迪个服装厂了勿起！"

那天，江总书记看了滕头村的立体农业和生态农业、村舍改造、党组织建设和文明建设，他一再称赞滕头："是个了不起的村庄。"

11 | 鸡棚里办起服装厂

被江总书记称赞"迪个服装厂了勿起"的企业，就是爱伊美。

前面，我们讲了傅嘉良如何带领群众改土造田，发展立体农业、生态农业。然而，如果你以为他是个只懂种地的农民，那么你错了。

滕头人对土地有感情，会种地，但是办企业也毫不逊色。而且，滕头村的"造厂"与"造田"几乎是同步进行的。

早在1969年，傅嘉良就联合一些乡亲办起了一家胶木厂，生产塑料、橡胶等产品。虽然当时对于大队办企业有不同的声音，有人认为这是"资本主义尾巴"，但傅嘉良坚定地认为，这是社会主义的丰富性，滕头如果仅仅停留在单纯的农业耕作上，是不可能走出贫困的。

他记得，1958年12月10日，中共八届六中全会通过了《关于人民公社若干问题的决议》，决议中指出："人民公社必须大办工业。公社工业的发展不但将加快国家工业化的进程，而且将在农村中促进全民所有制的实现，缩小城市和乡村的差别。"

1965年，江苏省江阴县的华西大队，也就是今天的华西村，在党支部书记吴仁宝的带领下，集体企业发展已小有规模。中共中央调查研究室对此写了个报告，呈给中央各领导。只有毛主席在阅读后沉思良久，做了批示："这是农村伟大光明灿烂的希望。"

1975年10月11日，《人民日报》在头版头条以通栏大标题发表《伟大的光明　灿烂的希望》。标题就引用了毛泽东在1965年的那句批示，副题为《河南巩县回郭镇公社围绕农业办工业、办好工业促农业的调查》。头版右边还配发了题为《满腔热情地办好社队工业》的评论。

文章分四个小标题展开，分别是：公社要办工业，公社能够办工业，公社办工业的道路，社队工业作用巨大。

多年来，傅嘉良一直有看报的习惯，这是他坚持学习的重要方式。读到这篇报道后，他就敏锐地意识到，滕头现在可以放手发展工业了。

1978年，十一届三中全会召开，傅嘉良更加坚信：滕头大力发展工业的时代已经到来。

办什么厂呢？傅嘉良和党支部一班人多次商讨后认为，办厂一定要利用本地本村的优势。

本地有什么优势？

奉化是中国重要商帮——"红帮裁缝"的故乡，有发展服装业的传统，中国第一件中山装就出自奉化人之手。奉化作家沈潇潇在他的长篇散文《奉化人》里对此有这样的描述：

> 我的眼前晃动着一批清末奉化人的身影。遥想当年，这批奉化人陆陆续续从日渐凋敝的田野里起身，在令人断肠的血色黄昏里，肩背一袭褪了色的蓝布包袱（里边无疑有一把剪刀），手捏一柄旧

油纸雨伞，告别妻儿老小、兄弟姐妹和乡邻们，从王溆浦、南渡、浦口王、江口、西坞、方桥、陡门桥、泰桥等或大或小的乡村或集镇码头，行色匆匆地登上人货混装的夜航船（或后来的"顺安号"小火轮）。

次日拂晓，他们睡眼惺忪地从宁波外濠河码头上岸，甚至还来不及在码头边的小店里吃上一碗光面，又匆匆赶往江北岸码头，在那里裹进下饺子似的人流，钻进了令人头晕心昏的上海轮船统铺舱。然后，他们在上海十里洋场落地生根，有一拨人在此歇一歇脚后，又北上海参崴，东涉日本，近赴港澳，远渡美加……就在这样的不经意奔波中，他们竟完成了一个奉化人实现梦想、超越自我的伟大壮举！

这批人，就是从奉化田野里起步的中国"红帮裁缝"的先驱。如今，"红帮"已经不单纯是一种技艺、一种产业，而是发酵或积淀成了一种文化，一种宝贵的精神财富。这种文化的内核就是"求精求新，超越自我"。

事实上，我们能从滕头村细致精巧的"立体农业"中看到"红帮裁缝"的影子，那里分明就有"红帮精神"的影响与传承。

奉化有个王溆浦村，是"红帮裁缝"的先驱和领军人物王才运先生的故乡。王才运（1879—1931），名士通，字才运。其父早年东渡日本，以成衣为生。数年后回国，执旧业于上海。王才运13岁到上海随父学业，最初也是接料加工，时称"包袱老板"。清光绪二十八年（1902），王才运与族人合资，在南京路西藏路口开设荣昌祥呢绒西服店。1916年改为独资经营，以治店严、工艺精，成为"红帮裁缝"名师，并被誉为上海西服业鼻祖。

王才运曾任南京路商界联合会会长，办过南京路商店职工夜校。1925 年"五卅惨案"发生后，参与罢市以抵制洋货，后歇业回乡，不惜失去每年数万元的盈利以表爱国之心。

王溆浦村就在滕头村东北，是滕头村的近邻。当年改土造田期间，滕头村就与这个村调换过"插花田"。王才运先生和红帮裁缝当年在上海十里洋场崛起的故事，滕头人也是耳熟能详。当年滕头村也有人去上海做"红帮裁缝"。

想到"红帮裁缝"这一深厚的历史渊源和独有的地域优势，滕头村党支部决定在滕头办服装厂。

傅嘉良早年曾在上海年糕店做过工。为了开办服装厂，他先后五次赴上海，亲自登门，好不容易把王溆浦村的傅云华师傅和另一位傅家峇村的师傅请到了村里。他们也被称为"星期六师傅"。当时，一到周六，上海的技术工人、科技人才就下乡到周边的企业指导生产，这是中国市场经济的崭新天地。

没有厂房，由村养鸡场改造；没有设备，由村里 20 多个农妇自带缝纫机；没有技术，上海师傅手把手教；没有销路，先为上海服装厂代工。1979 年，滕头村第一家村办企业——滕头服装厂诞生了，这就是后来声名远播的爱伊美服饰有限公司的前身。

就这样，滕头村开始了他们的"造厂"阶段。

服装厂成立后，由后来担任村党支部副书记的傅企平任第一任厂长。厂是办了，但当时的生产销售方式都非常原始。先是用小箩筐去装布，衣服做好后用手推车拉到宁波码头，然后再送到上海。没想到，靠着这种原始的方式，第一年服装厂就获利6万元。那时候，这6万元不是小钱。

两年后，服装厂从代加工转为自创品牌直接面向市场经销。这时，由于傅企平还要协助处理村里其他事务，傅嘉良决定让21岁的傅志存出任服装厂厂长。消息一出，全村上下议论纷纷。

"嫩竹扁担挑得动这副千斤担吗？"

当时服装厂是村里最重要的企业，让这么一个小后生来当厂长，不少人持怀疑态度。加上当时服装厂效益好，厂长是个肥差，嫉妒眼红的也不乏其人。

傅嘉良看中傅志存的主要有两点：能吃苦，做活快。

傅志存出生于1960年，那正是滕头村又穷又苦的时候。家里共有11个兄弟姐妹，他排行老九。初中毕业时，傅志存18岁，见同学都去上高中了，他却没有接到通知。后来才知道，父亲瞒着他去找了老师，说家里困难，不让他读了。

"我当时哭了一天，我是挺想读书的。但是家里孩子多，也是没有办法。"在爱伊美宽敞大气的总裁办公室里，傅志存回忆当年的情形，脸上仍露出一丝遗憾。

傅志存只好回家干农活。回了村，傅志存并没有当多久的农民。第一年，傅志存只能拿三分工，当时挣十分有八毛钱，三分就只有两毛四分钱；第二年，傅志存的工分就达到六级半；第三年升到九级半。

傅嘉良看到后说："你人这么小，做什么都最快！"于是把他招进了服装厂，让他跟着傅云华师傅学做衣服。也许是骨子里就有"红帮裁缝"的精神，傅志存学什么都很快，而且活儿做得很漂亮。不久，他就被提拔为副厂长。

1980年，傅志存想去当兵。当时他已经是副厂长了，师傅傅云华不想让他去。没想到体检时他自己因为鼻膜炎被卡下来了。

"回来以后，师傅开心坏了，连说晚上他请客。"傅志存笑着说。

1981年，傅志存正式接任厂长。这时的他，既是厂长，又是检验员和业务员。从品质到生产，再到销售，全都是他一个人管。最初一车衣服只能赚两块五毛钱，用自行车拖着手推车，要走六十里路。吃掉五毛钱，还剩两块钱。

谁能想到，后来声名远播的爱伊美集团是这样一步一步从手推车里推出来的呢？这分明就是一个当代版的"红帮传奇"。

吃苦对傅志存来说并不是最难的事，最难的是管理。

傅志存上任后的第一个大动作，是对全厂进行"大整顿"——把一些工作懒散或速度滞缓的人从关键岗位上换了下来。

"如果不这样做，以后就没人听你的，那样大家都不好好做事了。"傅志存说。

这下可捅到了马蜂窝。那时服装厂很吃香，能进入村办厂的女工多少都有些背景，有几个还是"干部子弟"。

有的老干部赶到厂里，当面责骂："好个傅志存，没当几天厂长，就勿晓得天高地厚了！"

一名女工扬言道："其叫阿拉当勿成工人，阿拉也叫其当勿成厂长。阿拉照样上班去，看其还能不发工资？"

到底是年轻。一时间，傅志存焦头烂额。

傅嘉良和原任厂长傅企平坚决支持傅志存的整顿方案。傅嘉良还为此连续召开了几次支委会统一思想。

"开批斗会现在不是时候!党员干部更没有享受特殊待遇的资格。你们首先得查一查自己的思想意识对不对,自己亲属子女平时的工作好不好!"傅嘉良说。

讲了道理,又严肃批评:"你们这样闹,是拿着手电筒只照别人不照自己,是想要厂里和村里好看!"

傅嘉良的话有理有据,掷地有声,支委们终于体会到了老书记的良苦用心。

"我已经告诉志存厂长了,工人的去留,不以年龄的大小定论。愿意留下的,一律按厂纪厂规办事。做一件,给一件的工资;出一件次品,按价赔偿,不留情面。从现在起,要求离厂的,自己写申请,由村里统一安排。"

老书记的支持,让傅志存感动不已。他下定决心,要全心全意办好服装厂。

1986年,西服市场骤然降温,服装厂纷纷转产或倒闭。而滕头服装厂则以质量可靠深得用户青睐,产品连获省优、部优,年利润突破百万元。

那一年,按照村集体的政策,服装厂已交给傅志存个人承包。按照协议,根据企业当年的盈利情况,他个人可以分十几万元。这样一来,他的收入就比别人高出太多。当时,滕头的集体经济还不是很富裕,傅嘉良和傅企平担心收入差距太大会让其他村民有想法,但又不好意思跟他明说。于是,傅嘉良请了当时奉化县一位领导来做傅志存的思想工作。

当县领导找到傅志存时,他已经猜到了领导的来意。还没等领导开口,傅志存就说:"您不用说了,我早都想好了,这个钱我不会拿。两个书记这么辛苦地为滕头操心,我是他们培养的,要不然还是个农民。两个书记都只拿这一点钱,我怎么好意思拿这么多呢?"

第二年,傅志存干脆不承包了,想着反正承包也拿不了钱,还是像以前那样拿奖金。

1991年8月,一座占地15亩的新厂房落成,"中外合资宁波爱伊美制衣有限公司"正式成立。公司投资500万元从德国、意大利、日本等国家引进工艺和设备,将"红帮裁缝"传统技艺的精华与现代化的先进设备融为一体,创立了"爱伊美"品牌。

他们生产的"爱伊美"西服、大衣及羊绒系列,以质优、艺精、落水不变形的特色畅销美国、日本、阿根廷、加拿大以及中国香港、台湾等国家和地区。1993年,爱伊美产值已达到4300万元,实现利润350余万元。

12 | 造厂三部曲

除了服装厂"爱伊美",滕头村又相继创办羽毛制品厂和皮革制衣厂。

1986年,因为村里办企业急需各类型人才,傅嘉良把小儿子傅平跃叫回了村里。傅平跃高中毕业,有文化,又懂经营管理,当时在萧王庙镇水泥厂当业务厂长。儿媳林良霞也是高中生,当时在镇水泥厂任会计。傅嘉良不避亲疏,让夫妻俩回村办厂。

回村后,傅平跃连续几个月跑上海,走市场,摸行情,找专家。和村党支部几次商议后,确定开办羽绒厂,生产羽绒衣。

羽绒厂当年10月就投产,几个月就创下40万元的产值。后两年,羽绒服的销势越来越好,特别是上海商场的羽绒服柜台前,常常被围得水泄不通。

傅平跃有居安思危的意识。在羽绒厂的产品供不应求之际,他又与上海皮革总厂挂钩,创办皮革制衣厂。皮革制衣厂投产时,正值全国大中城市流行起皮夹克。他们边加工,边销售,产品年年供不应求。后来,他们为上海皮革总厂加工的"金羊牌"皮服，获得国家金奖和莱比锡国际博览会金奖。

服装厂、羽绒厂、皮革制衣厂都属于劳动密集型企业，而本村的劳动力有限。因此，在开办羽绒厂之初，傅嘉良就提出："要办科技型企业。"

"都是农民，创办高科技企业，到底行不行？"

"把握不大，风险不小。"

村支委一班人里，多数人认为，这东西不是靠吃苦就行的，怕掌握不了。傅嘉良与副书记傅企平反复研究，觉得滕头企业要更上一层楼，必须从劳动密集型向技术紧密型方向发展，走科技兴村之路。

1986年，村里决定把原胶木厂改为人造金刚石厂。说干就干。春节刚过，傅嘉良、傅企平以及即将被委任为金刚石厂厂长的傅志君等人风尘仆仆赶赴济南。

那几天恰逢济南大雪，严寒逼人，公交车也停运了。几个人踏着大雪，来到山东锻压研究所。研究所的领导和高工们深为他们的诚意所感动，向他们详细介绍了创办金刚石厂所需的设备、技术人才和有关市场需求的信息。后来又表示，愿意把现成的两台压机，也就是生产金刚石的主要设备，出售给他们。

这下，傅嘉良几个人办金刚石厂的意志更坚定了。

回到旅馆，傅嘉良对傅企平和傅志君说："没有风险，也就无所谓成功。滕头的工业要发展，要能在市场竞争中取胜，向技术紧密型的方向走，肯定是对头的。虽然有风险，只要方向准，步子稳，工作细，这个风险值得冒。如果成功了，滕头的工业就打入了高科技领域，有了这第一步，就能有第二步、第三步。万事开头难，现在既然有了头绪，就不能畏缩不前。失败了，我下台！"

傅企平深为傅嘉良的魄力所感动，全力支持老书记的想法。于是，他们花了十几万元买进了两台压机。这对当时的滕头来说，是一笔大投资。

傅志君明白肩上的重量。他和两位书记一起，经过多方努力，先后与山东锻压研究所、武汉地质勘察研究所建立了联营关系，让金刚石厂获得了良好的效益，成为当时滕头也是奉化乡镇企业中的效益型企业。

尝到了科技型企业的甜头，1988年村里又办起有机氟制品厂。这个厂的技术要求比金刚石厂更高，傅嘉良和傅企平等人又为引进人才、技术而四处奔波。

之后，由于村集体办厂资金有限，滕头村开始探索合作经营的模式，于1993年成立中日合作灵峰石材有限公司。3月10日破土动工兴建厂房，到6月中旬主厂房结顶时，设备同时到位，原材料也陆续进厂。7月初，正当各项筹备工作紧张进行时，日方发来了第一张订单，要求在7月底前发一集装箱的产品过去。

傅嘉良和公司的负责人权衡再三，接下了这张订单。全体职工立即投入突击生产，经过十几个昼夜的苦干，于7月25日将第一批产品发往日本……

没想到一个小村能有这样的速度，连日方也跷起拇指。后来，日方又在滕头成立了一家独资的浙江奉化灵峰磨具有限公司，与石材加工生产相配套。

1988年，为增强规模效益，发挥村集体经济的优势，提高综合开发能力，滕头村着手组建集农工贸于一体的浙江兴奉实业有限公司。

1992年，浙江兴奉实业有限公司更名为宁波兴奉集团公司。集团公司下设农业综合开发服务公司、工业公司、房地产开发总公司、物资经营公司、财务开发公司。其中工业公司拥有服装、皮件、针织、化工、机械、电子器材、建材装潢、印刷包装等18家企业；农业综合开发服务公司设五场一队，并拥有A、B两个工业建设小区，占地400余亩，其中"三资"企业6家。

一个小小的滕头村，办了这么多企业，着实令我们惊讶。与很多农村实行"集体＋合作社＋公司"的模式不同，滕头村一开始就迈入了公司化合作阶段。公司化合作应该是合作程度最高、内容最全面的合作形式，这也是滕头村发展速度快，应对市场变化能力强的一个重要原因。

13 | 联合国来人了

经历了造田、造房、造厂几个阶段后,滕头村的集体经济实力越来越强,成了远近闻名的典型村。但滕头人没有想到的是,这个面积不到 2 平方公里、户籍人口不足 800 人的小村,有一天会和联合国"扯上关系"。

1993 年 6 月 3 日上午,联合国副秘书长、环境规划署执行主任伊丽莎白·多德斯韦尔女士一行来到滕头村考察访问。这是他们此次中国之行的唯一考察点。

车队沿着平展的村道驶入村口,傅嘉良和傅企平热情地上前迎接。衣着鲜艳的少先队员向三位联合国贵宾献上了鲜花。

多德斯韦尔非常高兴,她说:"我的人生中有两件乐事,一是音乐,一是鲜花。今天早晨,你们都献给了我。我曾经热切期待着滕头之行,今天终于实现了这个愿望。"

这次的接待工作,主要由傅企平负责。傅企平兴致勃勃地陪着他们参观了滕头村的农场、蔬果场、水产养殖场、沼气站、畜牧场、花卉园艺场等。表达能力超强的傅企平讲解得头头是道，多德斯韦尔一行听得频频点头。

当他们来到那条800多米长的"葡萄河"时，多德斯韦尔连连赞叹，陶醉在滕头村的优美环境中。

就在这时，一条水蛇从河边的水草丛中向河心疾速游去，陪同的人不禁有点儿小紧张。多德斯韦尔却笑了，她说："这是生态好啊！"

村民孙民生回忆起联合国的客人到他家做客的情景，仍然十分激动。那天，多德斯韦尔一行饶有兴趣地参观了他家的院子，还看了他家的厨房、厕所、卧室和阳台。临走前，多德斯韦尔热情地向他们一家表达感谢。他回忆说，那是他第一次跟外国人说话，而且还是联合国的"领导"。

之后，多德斯韦尔在村委会办公楼的院子里，兴致勃勃地种下了一棵香樟树。在休息室里，她用英文为滕头题词："对滕头村取得的成就表示热烈的祝贺，愿更多的农村能学习你们的经验，祝你们取得更大的成就！"

参观后，多德斯韦尔对村民们说："我到过肯尼亚、智利、墨西哥等世界上好多国家，很少见到像滕头村这样美丽、整洁的村庄。"

6月4日下午，国家主席江泽民在中南海会见了多德斯韦尔一行。会见时，多德斯韦尔再次对滕头村给予热情的赞扬："我于6月3日参观了浙江省奉化市滕头村。我在那个村里有机会到处走走，并和当地的老百姓交谈。这个村正在走可持续发展的道路，他们现在能够做到产生很少的废物，并能够重新利用那些废物。这个村庄是个富裕的村庄，是许多发展中国家要学习的典范。"

事实上，多德斯韦尔此行把滕头作为中国唯一的考察点，是为滕头入选"全球生态500佳"的事,到滕头考察带有"验证"的使命。联合国"全球生态500佳"评选始于1987年,旨在通过表彰为环境保护做出特殊贡献的组织和个人,来推动全球的环境保护。

之前,滕头村并不知道有这个奖。滕头村在生态环境保护方面有了一定的成绩后,奉化市环保局有领导告诉傅企平,联合国要评"全球生态500佳",你们滕头村也可以去参加嘛,很多条件都具备了。

傅企平听后,就把整理后的材料通过奉化市环保局一级一级报了上去,最后由国家环保局报到联合国。

报到联合国后,联合国评选组不敢相信中国有这么好的乡村,怀疑材料有夸大的成分。为了验证申报材料的真实性,多德斯韦尔一行才亲自来到滕头村考察。没想到,考察结果不仅全部合格,还超出了他们的预料,给他们留下非常深刻的印象。

6月5日下午,在人民大会堂,多德斯韦尔代表联合国环境规划署,向来自全世界获得1993年度"全球生态500佳"的37个集体和个人颁奖。

滕头村党总支书记傅嘉良从多德斯韦尔手里接过奖章和奖杯,滕头村成为1993年度中国境内唯一获得此项殊荣的单位。"全球生态500佳",是滕头村获得的第一个世界级荣誉,可以看作滕头走向世界的开始。

14 | 第一家村级环保委员会

荣誉是一种褒奖，但有时也会变成"枷锁"。重要的是，你如何对待这个"枷锁"。

比如拿到这块"全球生态500佳"的牌子，的确让滕头人激动了好一阵子，但它也等于给滕头戴上了一个"紧箍"。

这个"紧箍"，是滕头人自己要给自己套上的。因为要"守住荣誉"，就迫使他们不得不在关键的时候做出选择。有选择，就要有所舍弃。

1993年，全国各地开始大干快上发展经济，建开发区，"招商引资"成了热词。滕头从二十世纪六十年代改土造田，到七十年代旧村改造、发展村办企业，再到获评"全球生态500佳"，此时已是远近闻名的"明星村"。因为名气大，很多客商想来投资。

滕头人似乎总是能跟别人不一样。别人冷的时候，他们热，比如改土造田，他们保持了长达15年的热情；而当别人热的时候，他们却能保持冷静和理性。当很多地方都在挖空心思招客商、引项目时，滕头村却进行了总结与反思，认为必须对所有的投资项目进行把关。

由谁来把关呢？因为村委会要管的事务太多，不能专一。

傅企平找到奉化市环保局的领导、专家，向他们请教："现在从上到下都有环保委员会，我们村里能不能也成立一个环保委员会？"

"村里？没听说过哪个村成立环保委员会的。"

但是，他们的想法得到奉化市环保局的大力支持。1993年9月，也就是在获评"全球生态500佳"三个月后，滕头村成立了全国首个村级环境保护委员会。环保委员会的一项主要职责，就是对村里有意引进的企业项目进行严格审核，对不符合环保要求的项目实行一票否决。

环保委员会主任由傅嘉良兼任。因为村里事务多，环保委员会的日常事务就落在了副主任傅德明身上。因为环保工作比较专业，他们又聘请了奉化市环保局的一位退休干部来指导工作。

那几年里，滕头一共否决了50多个污染项目。

傅德明还记得，当时有一家日本企业打算投资1000万元建造纸厂，承诺每年可上缴利润100万元。当时，100万元的利润对滕头来说不是小数目，但环保委员会一口回绝了。

一开始，对于环保委员会这个机构，不少干部群众是有不同想法的。一个环保委就能否决一个引进项目，很多干部村民想不通。他们认为这是把送上门来的钱往外推，是"不务正业"。甚至有人说："只要有钱挣，环境污染点也没关系。再说，要保护环境，光你一个村有什么用？你不引进，周边的村庄引进了，滕头一样被污染……"

因为村民的不理解，年轻的傅德明也曾经感到压力很大。

村党委班子极力支持环保委员会的做法。对了，随着滕头的发展，滕头村党组织从党支部变成党总支，现在已是党委。

针对一些村民和个别干部的反对意见，村党委班子专门请了环保专家到村里来讲课，给大家播放受污染地区的纪录片。看到有的地方环境被污染后，连水都不能吃了，一些小孩出生后智力都受影响，村民们才感到，如果滕头像一些乡镇那样什么企业都引进的话，滕头今后"可不像样的"。

为了强化大家的环保意识，村委会后来又组织干部、村民代表出去参观考察。他们既考察了环保做得好的地方，最远去了新加坡，也去看了污染严重的城市。从那以后，环保委员会的工作得到了全体村民的支持。

到了后期，因为滕头对污染企业"零容忍"的态度已名声在外，那些有污染的项目投资者也就不会再考虑滕头。这时，傅德明的职责也由过去阻止污染企业进入，转向选择适合滕头发展的低碳环保项目。现在的他，主要负责垃圾分类项目以及节能环保设备的推广使用等。如为了鼓励村民装太阳能，由集体补贴200元；推广使用光伏发电，安装及所用的电线都由村里负责。

此外，滕头很早就实现了雨污分离，污水联网，由城区污水处理厂统一处理。

为了做好环保委员会的工作，傅德明连烟也戒了。为了鼓励村民们多骑自行车，他自己每天都骑自行车上下班。就是去奉化城区买东西，他也骑自行车去。

傅德明说："滕头人不差钱，就是想通过这种方式倡导一种低碳环保的理念。"

在一个村庄，乃至一个地区发展的初始阶段，能否抵御"发展的诱惑"至关重要。即使是今天,很多地方仍面临着非此即彼的两难选择:要经济发展,还是要生态环境?出于"政绩"等因素的考量,很多地方仍然会不可避免地选择前者。滕头的故事告诉我们,如果你只看见了眼前,很可能没有未来。

15 | 历史性的交接

滕头人的日子一天比一天好了,傅嘉良也一天比一天老了。

1997年,傅嘉良已经73岁,他觉得是时候把滕头发展的担子彻底交出去了。

事实上,他很早就有意让更年轻的人来接替他的职务。为此,他多次向奉化市委和镇党委提出退居二线的要求。但那时从上到下都认为条件还不成熟。毕竟,他已担任了30多年的村书记,带着全村人经历了改土造田、拆村建房、发展工业、生态建设等一个又一个重要关口,取得了一项又一项耀眼成绩,已经在村民心中确立了至高无上的地位。

傅嘉良会选谁来接这个担子呢?

事情并非毫无悬念。很多人猜测,傅嘉良会让他的小儿子傅平跃接他的班。理由是:傅平跃高中毕业,当时在村里属于高学历;又当过兵,政治可靠;懂经营,当时已担任农业公司总经理。在其他地方,村书记把位子传给儿子也不是什么新现象。

但是,傅嘉良并没有让傅平跃来接他的班。

也许，你从那句"把最差的 50 亩给我"中，已经看到了一个和傅嘉良有着相同气质的人。

没错，傅嘉良选的接班人，就是滕头村党委副书记傅企平。

傅企平于 1948 年 12 月出生于滕头村。父亲中年得病，双目失明。母亲一连生了十三个子女，生一个死一个，最后只剩下他。因此，他从小就得挑起生活的重担。

1964 年，傅企平初中毕业后回村务农。由于他头脑灵活能吃苦，几年下来，样样农活都拿得起，加上组织能力强，二十出头就成了滕头大队最年轻的生产队长。

从那时起，傅嘉良就对这个有头脑、能吃苦的小伙子非常中意，开始有意识地培养他。

1972 年 2 月，大队办起了蘑菇菌种厂。傅嘉良把傅企平从生产队调来当了厂长。那时，蘑菇菌种厂、孵坊厂和胶木厂虽然都只是作坊式企业，却是滕头的三个"钱罐子"，25 岁的小伙子能当上蘑菇菌种厂厂长，足见傅嘉良对他的器重。

但是，那时的农村实在是太苦了，所以有"跳出农门万丈高"的说法。1975 年，奉化县外贸公司招人。因为当了几年蘑菇菌种厂厂长，傅企平跟县食品厂打了几年交道，加上他们的蘑菇卖给食品厂加工后也对外出口，对出口业务也算了解，于是他被外贸公司录用。

1976 年春节一过，傅企平就去外贸公司上班了。

如果顺着这样的轨迹，傅企平很可能跟与他一起进外贸公司的同事一样，以后要么转岗为一名党政机关干部，要么下海经商。

但是，有个人一直惦记着他。

1979年，当改革开放的浪潮扑面而来，傅嘉良感到，像滕头这样的乡村要发展，必须要有脑子活、懂经济的人来带领。他想到了傅企平。

本已跳出"农门"，又要重回"农门"，傅企平不是一点犹豫都没有。但在他心中，老书记傅嘉良一直是他最敬仰的人，对他有知遇之恩，滕头又是生他养他的家乡，所以他用一句"既然村里需要我，我就回来"回应了傅嘉良的召唤。

傅企平辞了县外贸公司的工作。一回村，傅嘉良就对他压以重担，让他担任滕头村副大队长，并要求他联系当时最落后的生产队。

这是傅嘉良给他出的一道考题。当时副大队长是不脱产的干部，照样要参加生产劳动。傅企平凭着当过生产队长的经验，用了两年时间，让落后队变成了先进队。

1979年秋，滕头服装厂成立了。为打响滕头工业发展的第一枪，傅嘉良又一次想到了傅企平，让他担任服装厂首任厂长。傅企平被推上厂长岗位后，一边内抓管理，一边和老书记一起走南闯北跑业务，找市场，一步步打开了服装厂的局面。但是两年后，为了让更多优秀的年轻人脱颖而出，也考虑让傅企平在全局工作中发挥更大作用，傅嘉良让年仅21岁的傅志存担任服装厂厂长。

当时的服装厂厂长已成为让人眼热的位子，傅企平二话没说，心甘情愿地退了出来。

1980年，傅企平加入了中国共产党；1981年，当选为村党支部副书记。

1983年，村里组建花卉苗木场，傅嘉良又派傅企平去当场长。在他当场长的一年里，开辟了八十余亩盆景园，建成了花卉苗木基地。后来，在苗木场基础上发展起来的滕头园林有限公司，在全国各地建起了十万余亩苗木基地。

在滕头科技企业——人造金刚石厂和有机氟制品厂创办之初，因为缺技术人才，缺新设备，傅企平和傅嘉良一起四处联络，在火车上度过了两个大年夜。

打开一个局面，离开；再去打开一个局面，再离开……傅企平就像一个开路先锋，傅嘉良指向哪里，傅企平就奔向哪里。他从来不质疑傅嘉良的决定，从来不计较自己的得失。

全国搞家庭联产承包责任制时，村党支部决定搞土地规模经营，发展家庭农场，又是傅企平第一个站出来，承包了离村最远、条件差的50亩土地。

那可不是儿戏啊！他又回到二十年前"摸六株"的时代。不仅自己全身心地投入进去，还把妻子何阿素也拖了进来。何阿素当时在服装厂工作，又干净收入又多。但是傅企平叫她回来养猪。不养猪，他这田没法种，庄稼一枝花，全靠肥当家。他每天和妻子起早摸黑，辛勤地侍弄着这片土地。一年时间，他的土地规模经营取得了不错的经济效益，引得更多农民加入了土地承包队伍。1989年，他被评为省土地适度规模经营综合试点先进工作者。

无论在哪个岗位、哪个行业，傅企平都是做一件成一件。这一切，傅嘉良都看在眼里。

1993年，傅嘉良觉得可以让傅企平独当一面了，于是不再担任宁波兴奉集团公司总经理一职，由傅企平接手。

1994年6月18日，滕头村成立党委，傅嘉良任书记，傅企平任副书记。宁波兴奉集团公司改名为浙江宁波滕头集团公司,由傅企平任集团总裁。

看到傅企平越来越成熟,傅嘉良再次向上级党委提出让傅企平全面接班。1997年12月,滕头村党委书记、滕头集团董事长、总裁三职,由傅企平一肩挑。他从傅嘉良肩上接过了继续领导滕头前行的重担。

在傅嘉良与傅企平"搭班子"将近20年的时间里,他们之间建立了一种异乎寻常的高度默契。他们不是父子,却情同父子。傅嘉良对傅企平一步步的锻炼和培养,何尝不是如父亲一般地倾注厚望。

他们的关系又是超越了父子关系的。傅嘉良把他一生的理想、信仰都传到了傅企平身上。你会看到,尽管傅嘉良的光芒已经够亮,但傅企平将在滕头创造新的辉煌,迎来滕头发展的"傅企平时代"。

16 | 一个乡村带头人的完美典范

傅嘉良已经退了,他不再是对滕头发展起决定作用的当家人了。但我们仍然感到,他的故事没有讲完。

采访中,我们还了解到这样一些细节。

村里有位精神病患者叫傅国华。傅国华的儿子还记得,从他记事起,傅嘉良和老伴孙月仙就一直不厌其烦地照料着他的父亲,就连剃头洗澡这样的小事,老书记一家都会关照到。傅国华还有个怪脾气:别人要他服药,怎么劝都不吃,非得傅嘉良或孙月仙开口,才肯乖乖服下。至于他自己,从小学到高中都是傅嘉良一一替他安排好的。每逢清明吃艾馒头,立夏吃茶叶蛋,端午吃糯米粽这样的时节,傅嘉良书记都不会忘了他们父子。

村民傅成苗曾因病在奉化住院,医生初诊说是直肠癌。开刀前,他叫妻子捎信给傅嘉良。傅嘉良闻讯,立即放下手头工作,赶到医院看望,叫他安心养病。回村后,傅嘉良又事先安排好小车,通知司机随时做好准备,如有特殊情况,立即送傅成苗去宁波或杭州治疗。结果,医生把傅成苗的腹腔打开一看,只是小肠粘连。傅成苗出院后才知道,傅嘉良对他如此关切，逢人便说："这件事我终生难忘！"

37年里，很少有人看到傅嘉良"清闲"过。多少个大年三十和正月初一，他都在忙着工作。多年的劳累，使他患上了慢性胃病，胃疼时常发作。

1989年9月的一天，他的胃病又发作了，这次发作比以往都厉害，他终于病倒了。奉化市人民医院诊断为胃癌，去宁波复查，结果是"疑似胃癌"。

傅嘉良的病，牵动了每一个滕头人的心。是傅嘉良让他们每月领取养老金，过上了吃穿不愁的生活，还能存下不少钱。村里的老年人日夜打听着老书记的病情。几个老婆婆还买好香烛，一大早赶到萧王庙为傅嘉良祈求平安。

经过上海医院的检查诊治，排除了胃癌，但是傅嘉良多年的肠胃病已经非常严重，必须马上手术。傅嘉良还是坚持回到奉化做手术，胃囊被割去四分之三。

术后，奉化市委、市政府的领导都让他在医院好好疗养一段时间，他坚持要提前出院。出院那天，傅嘉良让司机直接把车停到了村委会，然后在办公室处理积压多日的工作。

滕头村刚开始抓环境卫生和生态建设时，村民还不太习惯。有一次，一个年轻人一边吃东西，一边随地扔垃圾。傅嘉良看到后，一句话不说，静静地跟在那年轻人的后面，捡他扔下的垃圾。年轻人发觉后，羞愧得满脸通红。从此，他不但不再乱丢垃圾，还以此为例在村民中现身说法。在傅嘉良的影响下，村民们慢慢养成了良好的卫生习惯。

他的心里只有村民。在小儿子傅平跃的记忆中，家里的事情父亲基本不管,几乎一年到头都在忙村里的事。但是他对几个孩子管教都很严,告诫他们"一定不能干坏事",不能做有损家族颜面的事。

他的眼里只有集体。早些年,每当年终分红时,傅嘉良一家都是"倒挂户"。所谓"倒挂户",就是挣的工分不够付口粮钱。老伴只好把家里养的猪卖了,把钱还给队里。

我们越来越感到,傅嘉良身上具备中国农民的一切优点:吃苦、勤劳、善良、智慧、勇敢、坚韧。同时,他又具有基层领导所应具备的一切素质和美德,如大公无私、一心为民、知人善用、判断敏锐等等。他对最穷苦的人的关照,对后辈的提携和培养,都是最温暖最动人的情节。

1997年12月10日,在滕头村党委新老书记交接会上,奉化市人大常委会副主任蒋瑞祥把傅嘉良的精神概括为五个字。

一是"斗"字。他说要学习老书记的艰苦奋斗,以及与天斗与地斗与风(歪风邪气)斗,滕头的成就是斗出来的。

二是"学"字。老书记没读多少书,但好学,学政治,学法律,学先进,头脑清醒,虚心学习,学习能同本村实际相结合,学以致用。

三是"公"字。先替集体打算,先替群众打算,坚定不移地走共同富裕道路,全心全意为人民服务。

四是"严"字。对自己非常严格,对村干部严格,严格治村。

五是"正"字。一身正气,两袖清风。

滕头的村民们,特地做了一面锦旗送给老书记,上面是八个大字:鞠躬尽瘁,劳苦功高。

这是一个乡村领导者的"完美典范"。我们在采访中时常想到一个问题:傅嘉良的这种素质和精神,是从哪里来的呢?

17 | 你要去看看萧王庙

2018年，傅嘉良95岁了，滕头人都亲热地叫他"老书记"。

2018年初，我们第一次拜访傅嘉良。他那张瘦削的脸虽已沟壑纵横，但仍能让人感受到一种果敢坚毅而又淡定从容的不凡气质。他对我们说："你们要去看一看萧王庙。"

听村里人讲，以前他也对别的作家或记者提过同样的建议。

前面我们已经提到萧王庙里的萧世显对少年傅嘉良的影响。如今傅嘉良已走过漫长的人生道路，他为什么还念念不忘叮嘱我们去看看萧王庙呢？

那里有傅嘉良童年生活中最快乐的时光、最深刻的记忆。

那是他一生中走出村庄最初的一段路。那一天他可以穿上自己最好的衣服，那一路上有很多大人和小孩，那一路上总是欢声笑语、热热闹闹。那一路走去，大人说有五里路。那是打开他童年眼界的第一段长长的路。那个日子他牢牢记住了，这是去赶庙会。

那是在滕头村的西面，那里有个小镇。镇上有座萧王庙，就因为萧王庙太出名了，那镇就叫萧王庙镇。傅嘉良的姑妈就住在镇子那边的青云村。

儿时的傅嘉良去萧王庙，一下子就被百花岭上那红墙灰瓦、飞檐翘角的庙宇吸引了。他特别对殿前那四根游龙浮雕石柱，还有山门东西两边墙上两米见方的"龙""虎"擘窠大字感到惊奇，并为之着迷。

每年的正月十三到正月十八，这里都要举行盛大的庙会。这也是奉化规模最盛大的庙会，在周边地区都很有名。

虽然生活很苦，但每年这个时候，父母总是带着他去赶庙会。父母去世后，每逢庙会，姑妈也会让傅嘉良去她家住上几天。那是傅嘉良童年生活中盛大的节日。

日后也是在那庙会，他碰到了他一生中最重要的人——青云村的姑娘孙月仙。是姑妈做媒，他与月仙结为夫妻。

没有轿子，没有酒席，傅嘉良甚至没有住房，是寄居在别人家里。姑妈和月仙的家人陪着月仙，月仙穿一件洗得发白的粗布衣，到了滕头村，进了傅嘉良寄居的房间。姑妈和月仙的家人走了，月仙留下来了，就做了傅嘉良的媳妇。

还说童年时的庙会。那几天，萧王庙里日夜演戏，周边十里八乡的老百姓蜂拥而来。这庙会可是一方盛事，祭祀活动由周边四堡（数村为一堡）轮流负责。轮值的村为了显示村大族众，置办的祭品极为丰盛，既有山珍海味，也有水果和各色糕点。所用的全猪、全羊，一年以前就由专人饲养。祭祀毕，人们就用八抬大轿抬着萧世显的塑像，沿村落游行，叫作"菩萨出殿"，行程长达十余里。轿后面还跟着高跷队、十八盏莲灯和抬阁等，一路锣鼓喧天，鞭炮齐鸣，热闹非凡。

起初，傅嘉良只是看热闹。慢慢地，他从大人嘴里知道了，这庙会是为纪念一个古代的好官萧世显。

没有人知道萧世显生于哪一年。据奉化地方志记载，萧世显，字道夫，是汉初名相萧何的后裔，江苏沛县人，1018年（宋天禧二年）任奉化县令。

萧世显是奉化最大的官，但生活极为简朴，经常穿着布衣布履，出门从不坐轿。他曾与人谈："人当惜福，为子孙留有余地，布衣疏食，享受无穷，实不解膏粱文绣，有何可恋？"他在奉化主政期间，因体察民情、廉洁奉公，深得民望。

1021年夏，正值早稻抽穗扬花之际，县内大旱，田地龟裂，稻禾枯萎，尤以泉口（今萧王庙街道青云村一带）最为严重。萧世显忧心如焚，组织民工在大埠头附近新凿五里内河，又在剡江上拦江修建土堰以抬高水位，使江水流入新河，从而解除了旱情。后来，人们把这道堰称为萧公堰。

不想，次年早稻即将成熟时，泉口又遭蝗灾。遮天蔽日的蝗虫落到田里，顷刻间就把稻穗啃得精光。萧世显亲率男女老幼到田间驱赶、捕杀蝗虫。此时正值伏天，暑热难当，加之连日劳顿，当他走到禽孝、长寿两乡之交的界岭（即现萧王庙庙址百花岭）时，不幸中暑暴卒，以身殉职。这一年是1022年。

傅嘉良从他姑妈嘴里听来的故事更加生动：萧公在巡视途中见到飞蝗如云，禾苗被毁，怒不可遏，就捉住蝗虫狠狠地咬死吞下，捉一只，吞一个，结果中毒而死。

乡民们感念萧世显的恩德，在他去世二十年后，于1042年（宋庆历二年）在他暴卒之处立祠塑像纪念他。又过了二百一十年，1252年（宋淳祐十二年），宋理宗皇帝赐庙额"灵应"。之后，元朝皇帝也纪念他，在1361年（元至正二十一年）追封萧世显为绥宁王。萧公祠也在这时改称萧王庙，被方圆誉为"剡东名祠"。直到今天，萧王庙仍是奉化规模最大、保存最完好的古庙。

一次次目睹盛大的祭祀习俗活动，一次次耳闻千年流传的动人故事，萧公渐渐成了少年傅嘉良心中的偶像。

我们去拜谒萧王庙是深秋的一个雨天，萧王庙略显冷清。从外面看，庙的规模不大。进去一看，却见雕梁画栋，气势非凡。庙门口、院内廊柱，以及正殿里，到处可见赞颂萧王功德的匾额和对联。匾额有："八乡福祉""民之父母""惠我生民""恩同再造""神灵浩荡""流芳百世"等等。对联则有：

> 剡水九回绵圣泽，同峰八面壮神威。
> 万年功绩颂神寿，八月弦歌和太平。
> 萧公功德万载颂，政通人和百业兴。
> 街接永丰仁风永扇，乡民长寿政绥长辉。
> 半壁青山永留古迹，一潭碧水威沐深恩。
> …………

这些匾额，一面面都是这一方土地的民心。

这些对联，一副副都凝聚着这一方土地的文化精神。

它们都以无比的文化尊严，高悬在这里，如日月照耀着这一方土地，勉励着后代子孙。庙内还保留着一块清乾隆年间《重建萧王庙记》碑刻，虽历经数百年风雨侵蚀，仍字迹可辨。

从这些层层叠叠的牌匾、对联以及碑刻中，我们可以感受到历代官民对萧世显的尊崇与缅怀之情。萧王庙的香火为何能经千年而不衰？一个国家、一个县，或者一个村，都是不能没有社会生活的组织者和领导者的。政府与人民，官员与百姓，是千秋命题。这萧王庙里凝聚着值得千古称颂的官民甘苦相连的关系，也凝聚着一代又一代官民对中华传统道德精神的深沉追求。

看庙的老人叫柳鹏飞，非常热情地给我们讲述关于萧王庙的故事。无奈方言难懂，只好请奉化区委宣传部的领导帮忙翻译。庙会风俗大致是这样的：

萧王庙是四保庙，周围几百个村庄供奉这个庙，并且轮流来主办庙会。每年的正月十三到正月十八连办六天大庙会，要供奉全猪全羊。猪在上一年庙会结束后，就要安排某个村庄集体饲养，猪养得很大，只能用船装了运来。那只羊，从小的时候就给它挂个牌子，叫"萧王庙供羊"。牌子挂上后，就让它到处随便走随便吃。庄稼被吃的人家非但不生气，还要感谢，因为这是神羊。这羊也可能跑到很远的地方去，如跑到上海去了，上海有萧王庙地方的人或者其他地方的人一看是萧王庙的供羊，会用船把它运回来。

当时萧王庙掌管着周围500亩土地，这是那些功成名就或富有的乡人捐献给庙里的，然后庙里把这些土地租给其他人种，收的租钱用来维持寺庙活动。

庙会期间，最受欢迎的还有乡戏。庙里的戏台上，上半夜演武戏，男的看；下半夜是文戏，女人和老人可以来看了……

听着柳鹏飞老人的介绍，我们似乎看到了那个年代的乡村生活场景，也体会到千年来萧王庙对这一带乡风民俗的深刻影响。

第一次参观萧王庙，我们就被萧世显这样一个勤政为民的官员感动。傅嘉良从小耳濡目染，能不深受影响吗？

如果说，萧世显的精神是傅嘉良为民思想的最初源头，那么他的集体主义思想的形成，他对党的事业的忠诚表现，则是在新中国成立后。他童年经历过的苦难，那种无田无屋、孤独无助的岁月，还有他目睹过的日军暴行……所有这些都使他热爱新中国，热爱共产党，没有人能改变他的感情和信仰。

共产党人身上那种公而忘私，一切以人民为先的精神，那种为共同富裕而奋斗的理想，都深刻影响了他。那不是萧世显一个人，那是一批人、一代人对他的塑造。

在党的培养下，他入了党。他没忘，是党组织一步一步把他放到了重要位置。在他担任滕头当家人的37年里，党组织给了他很多荣誉。面对这些成绩和荣誉，他从未居功自傲。他把这一切归功于全村人的努力。他从内心认为"群众才是最伟大的"，而不只是把这句话挂在嘴边。

他在工作笔记的扉页上端端正正地写着三句话，那是用来警醒和监督自己的。这三句话是：

一、党培养我就要报党的恩。二、当好社会主义的家，使老百姓都说社会主义好，共产党好。三、干事业就要一犁耕到头，金钱是身外之物，不能光为财富而活着。

他不是说说而已。傅嘉良90岁生日时，村里人要给他做寿，他拒绝了。与此同时，他不事声张地捐出62万元积蓄给村集体，他说是党和集体的事业给了他一生有意义的日子，要感谢党给他的生日。

第二章

在继承中创新

今天,如果你无保留地赞扬一个人,就会有人说"人无完人"。但在滕头村民心中,傅嘉良几乎是完美的。人们担心,老书记卸任后,哪里还找得到这么好的村书记呢?可是,后来人说,傅嘉良时代为滕头奠定了绿色发展的底色,傅企平时代则让滕头呈现出一个绿色发展的乡村世界。当傅企平突然病倒时,村民们甚至惊慌了,今后哪里还有这么好的村书记呢?我们关注的是:为什么两任书记都这么好?

1 | 滕头"绿卡"

你应该还记得,过去滕头周边的乡村是"有囡不嫁滕头人"的。

但是现在,十里八乡的人都羡慕滕头人,于是,这句话变成了"恨不生在滕头村"。

有人说,滕头人现在都喜欢"晒幸福"。这是别人对滕头人的一个时髦说法。滕头人常常有一种抑制不住的喜悦、自豪,这是可信的。

"我们的幸福指数高,滕头人走出去都感觉有面子!"这是滕头环保委员会副主任傅德明说的。他的话语里就明确讲了"幸福指数"这个词。

在没见到傅德明之前,我们想象着这个参与否决了50多个污染项目的环保委员会副主任,大约是个一脸严肃、不苟言笑的人。做这个事情,得有点"狠气"吧。见了面,才发现49岁的傅德明一脸和善,说话时总是一副笑眯眯的样子,特别憨厚朴实。

傅德明告诉我们,现在他们家有两套房,一套是被称为"第二代农家楼"的老房子,一套是1997年开始盖的"小康别墅"。在滕头,两套住房是"标配"，很多家庭有三套住房。

傅德明说，小时候他家住的是木结构的房子，冬天冷，夏天潮，只有40平方米。第二代房是农家楼，他一家四口住100多平方米。2003年，他们住进了200多平方米的小康别墅。

讲到这里，傅德明一脸真诚地说："真是做梦都没想到！"

居住条件改善只是一个方面。傅德明的妻子叫葛春能，是萧王庙前葛村人。高中毕业后葛春能自学会计，如今在滕头控股集团做财务管理。她一个人可以兼五六个企业的会计，收入可观。

女儿傅格忻，刚考上厦门大学的硕士研究生。按照村里的政策，考上硕士研究生可以得到两万元的奖励。如果是本科，"一本"奖1万元，"二本"奖5000元。考上博士研究生则奖5万元。这项奖励政策，村里已经实行了十余年。

最让周边人羡慕的是滕头人的福利。只要有滕头户口，每人每月可以享受1500元的福利。"小孩生下来报了户口，就可以到村财务那里去领1500元了。"每月都有，雷打不动。

"现在，我是政治、经济、精神都有了！"傅德明说。

"政治、经济、精神都有了，怎么理解？"

"政治上，我是党员，还担任滕头党委下面第一支部的书记；经济，就是收入高；精神，就是感觉生活很幸福，工作有意义。"傅德明解释道。

像傅德明这样一家三口都是滕头户口的，即使什么也不干，每个月都可以领到4500元，一年就是6万元。于是有人说，有一个滕头户口，就拿到了一张"滕头绿卡"。

有人说，"滕头绿卡"是当今世上一个顶级的绿色世界里真正的

"绿卡"。

因此，现在的滕头，不仅"光棍多"的名声早就消失，而且小后生、小娘（女孩）都很吃香。很多女孩想嫁到滕头来。嫁到滕头，就有了"滕头绿卡"。连男孩也想入赘到滕头。新婚夫妻只要领了证，就可以直接去领新房的钥匙了。

1987年出生的董幼芬，就是从外村嫁过来的滕头媳妇。董幼芬是萧王庙街道良浪溪村人，现在是滕头旅游公司办公室主任，还兼任滕头村妇委会主任。村干部笑着介绍说，"她的滕头媳妇之路分了几步走"。

2007年，她还在上大二时，要做一个旅游美学的课题，到滕头来采风。滕头给她留下深刻印象。大四毕业的时候，看到滕头景区招人，她就来报名应聘，被录用到滕头。后来在工作中结识了一个滕头青年，他们在2010年12月登记结婚，一拿到结婚证就领了一套新房，比花钱去买一套房还快，而且是装修好的，拿着钥匙就去入住。你看让人羡慕不羡慕。现在，董幼芬已经有了两个儿子。在滕头工作生活，她的感觉是"非常幸福"。

1989年出生的傅丹丹是土生土长的滕头人。傅丹丹毕业于浙江万里学院新闻系，现在负责《滕头报》的编辑工作。2012年大学毕业时，对于究竟是留在宁波还是回滕头，傅丹丹也不是没有犹豫过。毕竟，宁波是一个副省级城市，她的很多同学都选择留在宁波，还有的去了上海、杭州。

应该去大城市，还是回滕头？

傅丹丹在和家人商量后，最终选择了回滕头。在滕头，没有买房之类的焦虑，只要她的户口没迁走，每月就有1500元的福利，而且还能申请购买滕头的第四代住房——现代公寓。

生活条件优厚，只是她选择回来的原因之一。

傅丹丹至今仍怀念在农家楼里长大的岁月，那种邻里间相互关照的浓浓乡情，那种和同龄孩子一起学习、玩耍，就连吃饭时也可以互相串门的快乐，对她来说是非常美好的回忆。回到家乡，为建设家乡出一份力，也让她感到这是件"非常有意义的事"。

这不是老年人的选择。这是当代女青年选择家园，是经过大学熏陶后的时髦女性选择家园。如今的滕头也不是谁都能嫁进来的。

"做梦都没想到，一个滕头户口今天能这么吃香。"这是爱伊美集团董事长傅志存说的。他生在滕头长在滕头，并且一直在滕头工作，但是他已经"农转非"，没有滕头户口，就不能享受滕头的福利了。

1986年，奉化县实行了一个政策，就是产值达到500万元、利润达到50万元的村办企业，厂长的户口可以办理"农转非"。那一年奉化全县村办企业只有五个名额，傅志存荣获其中一个。

终于可以吃上"商品粮"了，终于不用做农民了，傅志存当时很开心。现在看来，他是高兴得早了些。因为他没有了滕头户口，滕头集体盖的房子他不能买，各项福利也没有了。

"如果还是滕头户口，加上儿子女儿，一个月光福利就能领1万多元。现在没有滕头户口了，还在滕头企业工作。"傅志存笑着说，他是一个没有滕头户口的滕头人。

也许滕头人自己都没有想到，有一天，他们会凭着自己的奋斗，创造出属于农民的自豪。

上海世博会上的滕头馆，滕头人把它完整地搬回村里了。

馆里有一面"微笑墙"，挂满了不同行业、不同年龄、不同性别的滕头人的微笑。你看到那微笑，也会情不自禁地微笑起来。你能感到那微笑不是摆拍的，那是从心底涌出来的欢乐绽放在脸上。你会发现，微笑原来可以如此动人。

最"享福"的要属滕头的老年人。奋斗了一辈子，现在终于可以歇一歇了。滕头有退休制度，退休后的滕头人每月有3500元以上的退休工资，养老保险都是由村集体交的。

那个参加改土造田，挑土"从33岁挑到50岁"的林祥月老人，现在一个人住100多平方米的公寓房，因为孩子们各自都有房子。每套公寓房按45000元卖给老年人，用现在的话来说，简直就是白菜价。公寓房后面就是园林和公园，不仅景色好，空气也清新。

对于今天的一切，林祥月老人一口一声"企平书记"。回忆起傅嘉良书记，她就只有一个字："苦。"想了想，她接着又说："基础是傅嘉良书记打下的，享福是在企平书记手里。"

从1997年到2016年，这是滕头人心中的"傅企平时代"。傅企平的勇于开拓与善于创新，使滕头村在他担任书记的近二十年里，又迈上了一个新的发展台阶，滕头的光环越来越为世人注目。

虽然是一个村换了领导人，接任之间的"乡村乾坤"也是值得考察关注的。我们渐渐注意到，傅企平的智慧中，最宝贵的是他在继承中有创新。

所谓勇于开拓创新，真正的"勇"，不只是敢想敢干，而是你认识到你的所作所为是善的对的，才无畏而勇悍。傅嘉良书记传给他的不只是权力，而是任何时候都要坚持集体所有制不动摇，为村民谋利益的大德。傅企平得其真谛才勇而继承创新，锐不可当。

2 | 转制,还是不转

二十世纪九十年代后期,随着市场经济的不断推进,企业改制成为潮流。发达乡村的集体企业开始纷纷改制,其势可比土地承包制,由村集体所有改为私人所有。企业的"法定代表人"人称"老板",企业内的劳动者变为"打工者"。改制潮流也不可避免地冲击到滕头村。

你知道,滕头的发展一直得益于集体的力量。因集体的力量才能完成改土造田的壮举,也是因坚持集体化道路才有了村集体经济的积累,特别是有集体所有的土地作为起步的资本,才有了后来集体企业的兴起。

对于要不要实行改制,滕头党委班子经历了激烈的思想斗争。对傅企平来说,这是一个很大的难题。他是傅嘉良一手培养起来的,而傅嘉良一直坚定地认为要走集体化道路,这种集体主义思想也深刻地影响了他。如果现在实行改制,该怎么做呢?

随着市场进一步开放,竞争日趋激烈,很多乡镇集体企业内的能人出走,自己去注册一个私营企业,再带走一批能力强的,另起炉灶另开张。原先的集体企业在技术资源、人力资源上都出现危机,出现亏损,亏损到"资不抵债",于是沦为被私企兼并。这似乎是市场选择的结果,改制也就成了一种出路。滕头村集体企业的发展也出现种种困难,有的企业陷入困境。

傅企平遇到了前任书记和他自己都没有遇到过的难题,不明白为什么会发生这些变化。难道集体所有制不好吗?难道要能人变老板,集体成员变打工者就好吗?傅企平念书比傅嘉良多几年,但也只读到初中。看报纸、学文件、听著名经济学家做报告,他感觉有好多新思想、新理念涌来涌去,自己的脑子不够用了。比如这"理念",过去说"观念"。"观"是你的看法,有对有错;"理",明说这是理,这是不是说"理念"就是对的呢?著名经济学家讲的都是"新理念"。他感觉不少"新理念"跟集体主义是不一样的,该怎么理解呢?

他密切关注着形势,关注着市场,关注着企业发展情况和经营者的思想动态。他带着党委一班人到多地调研,反复比较,渐渐认为:"转制,都不转,也不行。"

请留意,他不说"改制",说"转制"。

傅企平要开始"转制"了,他将怎么转,转到哪里去?

他对村党委班子成员说:"我想不转是不行的。一些企业的厂长积极性不高,因为其他地方早就转了,像罗蒙啊这些好的企业都转了,而我们还是一年到头只拿几万块钱,别人的资产都是几个亿了……"

今天回看傅企平站在二十世纪九十年代滕头村的土地上,抉择前路确实不容易。这个世界的变化,哪里只是农村中的企业向何处去呢?城市的书店里,美国人戴尔·卡耐基著的《人性的弱点》有多种中译本,被宣传为西方世界最畅销、最实用的指导青年获取成功的秘籍，也有出版者称其为最经典的励志书。关于理想主义的书不仅无人问津，而且受到嘲笑。每个人都愿意成为聪明人。人的能力被高扬到等同于真理。不论你愿不愿意接受，很多人的价值观已经和集体时代不一样了。

傅企平在滕头村的办公会上说：尤其是那些经济效益好的企业的厂长，他们与普通村民的追求也不一样了。他们施展才能的空间已超出了村庄的范围。要想留住他们，调动他们的积极性，让他们愿意继续为村集体做贡献，就要认真考虑个人与集体的利益关系和价值关系。

1999年，傅企平同党委一班人及党员干部多次讨论，最后由滕头党委提出转制方案：凡属资源型的，一律由集体经营，推行目标考核管理；对重点骨干企业，实行股份制改造，由村集体控股，经营者持股；对小型微利企业，进行兼并、租赁或直接转制为个体私营企业；对亏损甚至资不抵债，并且市场前景暗淡的企业实行破产。

如此，滕头在企业转制中还是牢牢把握了一个原则：集体经济必须占大头。

转制中，除了爱伊美公司因有外商股份较特殊，村集体只占48%的股份，其他几个集团核心企业，如园林公司、房地产公司、包装厂都是集体控股，占51%股份。而农业公司、旅游公司、集体食堂等完全归集体所有。这保证了村集体仍有强大的经济实力，以后能够投入村庄各项建设和社会发展，以及村民福利保障。

时任滕头集团总会计师的沈静波参与了爱伊美、园林公司、包装厂、房地产公司等企业转制的全过程。他这样说："转制是从促进经济发展的角度考虑。转制后产权清晰、债权分明，有利于提高经营者的积极性。

从财务报表上看，转制次年集体股份比过去减少了，但集体的收益反而增加了。这说明滕头的转制是健康的。"

2003年，村集体企业完成转制，形成了集体、股份制、独资、合资、个体私营等多种经济成分都有的格局。滕头集团直接控股的子公司有5家，包括奉化滕头房地产开发有限公司、宁波滕头园林绿化工程有限公司、宁波滕头旅游有限公司、奉化滕头宾馆有限公司、奉化滕头盆景园艺有限公司。此外，还有集团参股48%的爱伊美公司。集团成员公司有20多家，再加上其他租赁、挂靠等企业，集团公司旗下已有近60家企业。

此后，滕头工业经济又向园区化发展，新辟了滕头经济园区，2005年完成了绿化、道路、路灯等设施的建设，引进企业30家。当年集团工业总产值达到12.6亿元，以房地产开发、园林绿化、生态旅游、建筑为主体的第三产业实现产值5.5亿元，成为滕头经济发展的新亮点和重要支撑点。

滕头的转制遵循了"国家在社会主义初级阶段,坚持公有制为主体、多种所有制经济共同发展的基本经济制度"的要求。他们的转制，不是对村集体经济的"终结"，而是集体经济在新的时代背景下做出的调整。

3 | 生态立村是滕头的"宪法"

如果说傅嘉良时代为滕头奠定了绿色发展的底色，傅企平时代则让滕头呈现出一个绿色发展的乡村世界。

多年来，傅企平在傅嘉良的带领下走过了立体农业、生态农业的发展历程，看到生态给滕头带来了实实在在的好处，决心要把生态和绿色进行到底。

"生态立村就是滕头的'宪法'！"傅企平多次对媒体这样说。

从1985年开始，滕头村就制定了第一份村规民约，并随着发展做过多次调整和修改，以此来实现村庄的自治。为了加强对村庄环境的保护，滕头村在1993年以村规民约的方式专门制定了《爱国卫生管理条约》，2002年又出台《保护生态环境和加强卫生管理实施细则》，引导全体村民自觉保护村里的生态环境。

在"生态立村"这个目标的引导下，滕头村党委把发展重点放在绿色经济上。

奉化一带有种植经营花卉苗木的传统。位于奉化溪口镇的三十六湾村，是全国闻名的花木之乡，培育花木始于清代，其中最有名的是奉化五针松。二十世纪八十年代初，一棵五针松小树苗就卖到了五块钱。

滕头村在先前发展立体农业时，就开办了花卉苗木场。1996年，滕头村在苗木场的基础上成立滕头园林绿化总公司，大力发展园林绿化产业。

最开始，滕头园林主要承接奉化、宁波一带的园林绿化业务。后来，他们经营的半径越来越大。2001年7月，北京申奥成功，滕头园林抓住"绿色奥运"商机，承揽了2008年北京市3000万元的绿化业务。

借着为奥运做绿化的东风，紧接着，滕头园林走出滕头，在全国进行战略布局。他们通过输出资金、人才、技术和品牌等优势资源，在各地广招当地农民就业，传授先进的种植技术。这种"绿色输出"的经营模式，不仅促进了滕头园林自身产业规模的扩张，还帮助不少贫困地区更新发展观念，形成造血功能，实现整体脱贫。比如他们在江西建起苗木基地后，良好的生态环境促进了当地休闲旅游业的发展，农民就近开办起农家乐，还引来了不同规模的山地自行车比赛项目。

这种现象引起了不少地方的关注。滕头园林常被邀请前去考察，希望在他们那儿开辟苗圃基地，以带动当地相关产业发展。如今，滕头园林先后在福建、江西、安徽、湖北、山东、河北、陕西、江苏等20多个省市建设了10万余亩苗木基地。

滕头园林的兴起，在滕头整体发展中具有重要意义。滕头企业发展的征途就像是一场接力跑，第一棒的主力是爱伊美。当全国服装行业的销售下落归于平缓时，爱伊美也从辉煌阶段渐渐归于平缓。这时候，滕头园林站了出来，迅速发展壮大。

2008年到2013年，滕头园林的花木产业就像是树木疯长的阶段，达到了一个极茂盛的峰值。2010年，单是滕头园林一家，企业税后净利润就达到1.3亿元，而且资金到账很快，生意火热到先付款后提货的地步。

既能坐拥美景，又可赚饱口袋。滕头人说："生态也是生产力。"这让滕头党委和滕头村民更加坚定了走生态发展的路子。

值得一提的是，为了保持村里的环境优良，他们后来把当年做立体农业的围村水渠——"葡萄河"给填掉了。

这是一件不小的事。当决定要填这条水渠时，一些老村民想不通。这可是他们当年手挖肩挑一点一点挖出来的，是他们汗水与智慧的结晶，是一代人的骄傲与记忆，也是村庄辉煌历史的一部分。当年入选"全球生态500佳"，就有这条"葡萄河"的功劳。现在怎么可以填掉呢？

"葡萄河"，听着都美啊！

滕头，早先是一个无河村，是这条人工河滋润了梦一般的家乡。傅企平啊，你怎么可以填掉它呢？

老一辈村民相约着来找傅企平，有人哭了。

傅企平也不愿填河，那曾经是老书记和他的"得意之作"。可是，这条河河水不能循环，无法保证水质。因为这条河的平面高，外面的河水平面低，要想保证水的循环流动，就需要用水泵抽上来，每年要花二十多万元费用。即使如此，有些地方还是有污水要流下来，一到夏天河水的气味就不好闻。

还有葡萄架，已经种了三十多年，葡萄的品种也不行了。葡萄要种矮一点，才能产量高、颗粒大、口味好。原来搭架子种葡萄的做法也已经过时了。

更关键的是,傅企平心中有一个更大的计划,将来要伺机再挖出绕村的更大的河,实现流水环绕村庄。这似乎又是一个梦想。可是今非昔比了,今天寸土万金,"挖更大的河",势必占用很多土地,那不是你想挖就能挖的。这是画饼充饥吧。但是,在老一辈村民头脑里,当年滕头人把乱坟冈子改造成了良田,那就是在实现梦想。敢想,说不定有一天就能实现呢?

傅企平似乎也继承了傅嘉良有理想,或者说有梦想的精神。

人不能没有梦想,没有梦想就没有非凡的创造。

不知道傅企平是不是预先得知,整个奉化不久就有一个"五水共治"的工程计划。总之,滕头乃至奉化都有人说,"傅企平还是脑子好用","经常有别人想不出的高招"。

葡萄河虽然填了,但不久得遇良机,真的借着"五水共治"的机会,开挖了两条更大的河,一条是前河,一条是后河。前河是村前的河,又叫外婆河。后河的后面又接着一个人工湖,叫月亮湖。现在的环村河流,水质清清,经常可以看到野鸭悠游,白鹭飞过,营造了一个小湿地环境。

滕头人都说,滕头村之所以能够坚持生态绿色的发展道路,也因为傅企平对园林绿化的挚爱与钟情。

傅企平10岁务农,当过蘑菇菌种厂厂长、花卉苗木场场长,这使他对绿色有一种本能的亲近感。

滕头村有一排非常有特点的将军林,每棵树高大英伟,枝叶繁茂,像极了正等待沙场点兵的将士。这排树,是傅企平从邻县工地上抢救过来的。

那是2001年3月，邻县为拓宽公路，要把原公路两旁五百余棵已有三十多年树龄的樟树砍掉，并已找好了买主。

听到这个消息时，傅企平正在吃晚饭，他放下筷子就叫车，就他和司机两个人，连夜赶去。滕头村到邻县有150多公里路，又是山区，车开到中途时，有段路正在赶修。那路颠簸很难走，强行往前开。等快开上山的时候，车子颠坏了。傅企平着急啊！

"怎么办？"司机说，"车是不行了。"

"没别的办法，走吧！"

干脆弃车步行。他和司机走了二十多里路，半夜才到目的地。

傅企平把熟睡中的工地负责人叫醒了："这个树你不能砍，我都跟你要了。"

工地负责人听了事情的经过，晃晃脑袋，有点不相信他听到的事情，世上哪有这样的人，半夜赶来喊"斧下留树"！然而这是真的。那负责人真的被感动了，豪爽地说："就凭你半夜三更走二十里山区公路的精神，我这批樟树就是白送给你也应该！"

傅企平以六万元的价格买来了这批大樟树。

大樟树带着异乡的土，浩浩荡荡地移回来了，这是方圆百里的村庄都没有见过的事，煞是壮观。但也有不少村民担心，"人挪活，树挪死"，这批樟树已有三十多年树龄，能种活吗？

傅企平说："迁树，我有经验，有把握。"

樟树移来之后，傅企平从宁波军分区请来将军参与植树，并把这片树林取名为"将军林"。

两年过去，五百余棵樟树全部存活，长得郁郁葱葱。

在此之后，滕头村不仅种树，还借着种树搞起了"名人树林"，很多党和国家领导人都在这里亲手栽过树。

有人曾问傅企平："为什么被邀请种树的人都不拒绝呢？"

他说："我们想着，种树是为了绿化环境，是为了子孙后代，所以呢，来的人都会觉得在滕头村种一棵树也蛮好的。"

除了"将军林"，滕头还造了一片橘子林，就是在当年橘子堤的基础上陆续栽种的。橘子林竟然收集了世界各地130多个品种的橘树。那不同的品种在风光中相互"交好"，竟然神不知鬼不觉地变出更多说不出名称的品种来，成为滕头又一个富有传奇色彩的亮点。

现在，滕头村绿化覆盖率达到67%，空气质量常年保持优良。1999年，滕头又投资1000多万元，建起了全国首个村级环境空气质量监测站。滕头宣传委员钟水军告诉我们，他经常把滕头的环境监测数据分享到朋友圈，有朋友在下面评论："你天天发这个，让我们怎么活呀！"

因为在生态建设方面取得的成绩，2001年，滕头村通过了ISO14001国际环境管理体系认证。2003年5月，傅企平获得了全国绿化委员会颁发的"全国绿化奖章"。

2005年9月，第五届全国村长论坛选出"中国十大名村"，滕头村名列其中。

2007年6月，在联合国第七届全球论坛上，滕头村入选首批"世界十佳和谐乡村"，傅企平荣获"2007世界和谐突出贡献人物奖"。

2008年，滕头作为唯一的村级单位获得中国环境保护领域最高奖项——中华环境奖。

这些荣誉，可以说都是对滕头坚持绿色发展的奖励。

到 2016 年，滕头村实现社会生产总值 93.47 亿元，利税 10.01 亿元，村民人均纯收入 6.3 万元。生态农业、园林绿化、新能源、新材料等绿色产业，已占到滕头经济总量的 80%。

4 | 好看的村庄能卖钱

滕头村的生态发展之路，是改革开放以来中国乡村可持续发展的生动样板。他们的实践证明，生态环境与经济发展的矛盾并非不可调和。如果说滕头园林绿化经济的成功证明了生态也是生产力，滕头旅游经济的发展更是"绿水青山就是金山银山"的最有力佐证。

1999年，在私家车和乡村游还未盛行时，滕头就开始发展以生态旅游和观光农业为主题的乡村游，成为全国最早卖门票的村庄之一。

这还得从1993年滕头村被评为"全球生态500佳"说起。联合国的表彰使滕头的声誉上升到了国际水平，随后各地慕名而来的参观者络绎不绝，滕头村不得不专门成立了一个接待办。

随着来访人数越来越多，小小的接待办已经满足不了接待的需要。而且，接待对象多是官方的，又不好意思收费。这样一来，接待费用的支出成了村里的一个包袱，也耗费了党委班子不少精力。怎么办呢？

傅企平认为必须改变这种状况。他尝试让接待办独立出去，在接待功能的基础上增加旅游功能，并设立考核指标。

小小的尝试取得了初步成效，接待办竟然有了盈利。傅企平顺势而为成立了旅游公司，发展以环保生态为主题的乡村旅游。

这个时期，是滕头的"造景"时期。

那时候，乡村旅游尚未萌芽，农家乐还未流行。一个村庄想变成旅游景区，让人掏钱来旅游，有村民就说："这是老虎天话。"

这句话我们听不懂，问什么意思。

有人告诉我们："这是奉化土话，天方夜谭的意思。"

"难道好看的村庄也能卖钱？"那个年轻时能挑405斤的傅央改，也曾对傅企平的这一决策有过疑问。

不论你信不信，1999年，滕头村开始卖门票了。

城里的游客和参观考察的人纷至沓来。"好看的村庄"不单单卖出了门票，农户家里的黄花梨、草莓、鸡蛋等农副产品也搭上了顺风车。门票慢慢从最初的5元上涨到了80元。

2001年，滕头生态旅游示范景区通过了国家AAAA级景区的验收，成为全国首批AAAA级景区之一。

但是，要想做旅游，除了要有相应的机构，还要有专业的行家。2002年下半年，他们请来了乡村旅游的职业经理人陆云，并在年底前完成了滕头旅游公司的注册。

从2002年到2006年的四年间，滕头的旅游实现了稳步发展。到2006年，滕头村的旅游形成了一个高峰，景区接待游客人数达76.2万人次，门票收入已达1060万元，旅游综合收入4500万元。

为了让村庄变得更好看，滕头村在政府支持下，投资80万元从奉化城区整体搬迁来一座清代老宅，在进行修复、加固、翻新后，于

2006年10月1日,作为一个新的旅游场景对游人开放。

这座古宅原名"凝香居",是清末奉化商人汪孝彬的旧宅,距今有一百多年历史,是奉化传统民居中少见的保存完整的一座四合院式建筑。民居的门楼和门窗的砖雕、木刻都有很高的艺术价值。

与此同时,二十世纪八十年代造的"农家楼",也添上了马头墙,改成了白墙黛瓦的江南民居。原来在地上的电线全部埋到地下。按照新村庄规划,整个村都要重新改造建设,包括这些"农家楼"。但因为规划建设期长,只能暂时做这样的修改,花钱不多,也有特点。滕头村历来穷,没什么特别的历史遗留,这"农家楼"虽旧,却是滕头村一份值得珍藏的印迹。

就在这时,傅企平定下了冲刺AAAAA级旅游景区的目标。

然而,当滕头集团办公室主任袁坤斗胆去国家旅游局,汇报滕头创AAAAA级旅游景区的打算时,一位司长善意地笑开了,对他说:"创AAAAA级旅游景区呀?华西是全国最大的村,他们到现在还没提出过呢!"

江苏华西,真的鼎鼎有名。浙江滕头没有放弃努力。

不久,蒋氏故居所在地的溪口风景名胜区得知滕头在创AAAAA级旅游景区的信息,也把创AAAAA提上了议事日程。

傅企平不由得想:一个县级市有两个景区都创AAAAA可能性不大,为什么不和溪口联合创AAAAA级旅游景区,这样不就资源融合共享,1+1大于2了吗?

傅企平向奉化市委领导汇报了自己的设想。

"这有可行性吗？"市委领导问傅企平。

"有先例。"傅企平回答，"四川的青城山—都江堰旅游景区，就是这样组合申报成功的。"

"好！我们也争取。"

于是，分管旅游工作的副市长何剑波带着一班人到四川考察。回来后就定下了滕头景区和溪口景区联合申报的方案，并要求按照国家AAAAA级旅游景区标准进行建设整改。

三年创建期间，滕头景区修缮了游客接待中心、票务中心、影视放映厅、文化展厅、景区监控中心、特色旅游商店等服务设施，建成了国内外先进的生态科技农业大棚，改造扩建了主干道、橘洲路、花径及生态停车场、星级旅游厕所等。景区的服务功能、交通秩序、文化氛围、环境卫生更加完善，滕头的村庄更"好看"了。

2009年下半年，国家旅游局组织新一轮AAAAA级旅游景区考评验收，经多次明察暗访、预检复检，在最后终评打分时，滕头—溪口景区的得分排在浙江所有创AAAAA级旅游景区首位。

由AAAA跃升AAAAA，滕头人用了八年。终于评上了，滕头人张灯结彩庆祝。

但评定后快一年过去了，结果迟迟不见公布。一打听，原来按照惯例，当年的评定结果要等到下个年度的下半年才统一发布。

这下，滕头人有点等不及了。因为2010年5月1日是上海世博会开幕的日子，而滕头村是全球唯一入选世博会的乡村案例馆。滕头人多么想双喜临门啊！

但是，一起评上AAAAA级景区的又不止滕头村一个，有什么理由让国家旅游局改变既定的程序？

这时，"一犁耕到头"的精神又上来了。他们仔细研究了国家旅游局近几年来公布AAAAA级景区的情况。一研究就发现了机遇：为配合2008年北京奥运会的召开，那一年评上的部分AAAAA级景区也提前颁证发了牌子。

在滕头村的努力争取下，2010年4月12日，上海世博会开幕前夕，国家旅游局在扬州举行了国家AAAAA级景区颁证仪式，给长三角地区与世博会联系紧密的景区都提前发了证书。

后来，国家旅游局有领导对滕头人说："看来你们的大局观念比我们强！"

不久，国家旅游局把一个全国性的乡村旅游现场会放在滕头召开。这一年，滕头生态旅游景区各项指标创下历年新高：共接待游客153万人次，比上一年度增加28.5%；门票收入3610万元，同比增加37.26%；旅游综合经济收入1.58亿元，同比增长33.08%。

5 | 进军世博会

2002年,上海成功赢得2010年第四十一届世界博览会举办权,全国人民为之振奋,对首次在中国举办的世博会充满了期待。

世博会,又称万国博览会,是一项历史悠久的国际性博览活动。1851年的第一届伦敦世博会是英国发起举办的。第一次有主题的世博会由美国人于1933年在芝加哥举办,主题为"一个世纪的进步"。此后,每届世博会都会确定一个时代主题。2010年,上海世博会的主题是"城市,让生活更美好"。

滕头村进军世博会似乎是一个"老虎天话"的梦想。这个梦想碰壁也是可以理解的。事实上,他们第一次向上海世博局申报材料时,就被外国专家否掉了。理由很简单,这是个以"展现城市"为主题的世博会,一个村庄怎么来凑热闹呢?

这时,滕头参加世博会的希望似乎已经没有了。

可是,傅企平没有泄气。

梦想可笑吗?傅企平研究世博会历史,第一届伦敦世博会就有中国的身影。1851年，那是英国人发动第一次鸦片战争后的第十年。当时中国广东商人许荣村得知英国办世界博览会的消息，想让自己经营的"荣记湖丝"远渡重洋去英国参展，这不是梦想吗？

伦敦世博会开了五个月，中国商人许荣村运去的"荣记湖丝"都没有被打开看过。因为这个来自中国用麻布包裹的货品，跟伦敦世博会富丽堂皇的"水晶宫"很不协调。直到最后，当所有的展品都被评委们品评过之后，有人打开了来自中国的麻布包裹，一看，大吃一惊：这洁白的"荣记湖丝"柔软至极而又富有弹性。再打开，一共十二个麻布包裹，每一个都光彩照人，最终荣获金奖，由英国维多利亚女王亲自颁奖。

这"荣记湖丝"并不是广东商人许荣村生产的，是浙江湖州南浔辑里镇生产的，但商人许荣村把它运到英国伦敦世博会去并不简单。许荣村得知英国办世博会，心想这是不能错过的"扬名立万商机"。他的惊人之举反映出他的远大眼光。由于在伦敦世博会获金奖，他经营的"荣记湖丝"从此可以免检进入英国市场，并且畅销各国，享优质价格。

是什么支持许荣村的远见？是"湖丝"那世无其匹的质量。

滕头为什么敢有这个梦想呢？大约也因为滕头人自认为自己的村庄有很好的质量。比如滕头有两个世界级的牌子："全球生态500佳"和"世界十佳和谐乡村"。而且，什么地方有一个村庄是国家AAAAA级景区呢？滕头人逐渐认识到，参加世博会是个非常难得的机遇，不能就这么放弃。"既要绿水青山，也要金山银山"已成为滕头人的共识。

世博会上展出的"城市"，不就是说"城市，让生活更美好"吗？滕头不是城市，但城里人有的东西，滕头人都有；城里人没有的，滕头人也有。比如哪个城市有滕头这么好的空气？滕头村没有一个穷人。家家有存款，户户有小楼，有天有地有小院。不是一般的"老有所养"，而是每个人，不论男女，到年龄都有保障终身的退休金。孩子一出生就有月月供的福利。这生活不好吗？滕头人的乡村生活，可以挑战城市生活。在全世界"城市聚会"的世博会上，有一个乡村馆，有什么不好呢？

认准了，滕头人"一犁耕到头"的劲头又起作用了。他们马上展开了第二轮进军，向上海世博局重新申报材料，并邀请世博专家来滕头村参观指导。

2008年5月，滕头村在28个国家80个城市和地区的113个申报案例中脱颖而出，成为全世界唯一参加上海世博会的乡村。他们获准建一个乡村馆——宁波滕头馆，进驻上海世博会的"城市最佳实践区"。

为了在世博会上一炮打响，在宁波市委市政府的支持下，滕头村对滕头馆进行了精心打造。他们请来著名设计师、中国美术学院建筑艺术学院院长王澍担纲展馆设计。王澍教授通过对宁波文化元素和滕头的了解，以"城市化的现代乡村，梦想中的宜居家园"为主题，再现了滕头村的生态实践，以及宁波城乡和谐发展的现代风貌。尤其是创造性地运用了"瓦爿墙"的设计，使滕头馆成了上海世博会的一大亮点。

"瓦爿墙"的建造者是一个叫倪良夫的宁波人，正如他的名字一样，是个良工巧匠。对这种瓦爿，过去没有人看得上眼，觉得就是一堆残砖烂瓦。倪良夫从小跟父亲学手艺，觉得这些都是好东西，而且很多瓦爿是从明朝、清朝传下来的，糟蹋了实在可惜。于是，他把这些残砖烂瓦都收进了家。

2003年，王澍发现了倪良夫收藏的这些残砖烂瓦，大为赞赏，觉得这些瓦爿都是可以重新利用的宝贝。倪良夫就拜王澍为师。滕头馆在邀请王澍担纲设计后，王澍觉得这些瓦爿可以派上用场了。紧接着，王澍的建筑学院和倪良夫率领的泥瓦匠组成了一个"城乡联合突击队"，把50多万块瓦爿盖进了世博园。后来，王澍获得普利兹克建筑奖，作为该奖项的第一个中国籍得主，他获奖的理由中就包括世博会滕头馆"瓦爿墙"这个作品。

除了滕头馆建筑的外观设计，滕头馆的布展也很有江南水乡风情。他们以"新乡土、新生活"为主题，将内容分为"新生态改造的典范""新农村建设的标兵""新乡土家园的未来"三大部分，充分展现宁波乃至浙江、长三角地区在现代化经济社会发展中城乡和谐发展的路径，体现了中国城乡一体化的前瞻趋势。同时，通过设立"天籁之音""自然体验""动感影像""互动签名"等区域，实现与参观者的互动体验。

滕头馆的主题口号——"乡村，让城市更向往"，听起来也极富冲击力，像在跟世博会唱对台戏一样。滕头人和宁波市委市政府的人反复斟酌后认为，一是滕头有说这话的底气，二是他们要向世界倡导一种新的生存方式和发展理想，最终定下了这一主题。结果正如他们所料，达到了出奇制胜的效果。

在加紧建造滕头馆的同时，滕头人开始了又一次的"造村"运动。他们想借助世博效应，通过整合道路、河流、树木、建筑等各种景观要素，营建"景在村中、村在景中"的美景，吸引更多游客到滕头来。

事实上，在距世博会开幕还有一年的时候，滕头村就成立了接轨世博会领导小组。他们把参加世博会看成是村民素质再提升的契机，对村民、职工持续开展外语、普通话、礼仪等一系列培训活动。宁波诺丁汉大学的数十名外籍教师带着学生，在滕头开辟了一个"外语角"，轮流义务辅导村民学习英语、日语、西班牙语、法语等。滕头村还给每个村民发放了介绍世博会知识、提高村民素养的村民手册。

借着这次进驻世博会的机遇，滕头村可谓做足了营销。

2010年1月20日上午，滕头村举行了迎上海世博倒计时100天活动。他们请来了平时在景区为游人做生肖年糕的三位师傅，为迎世博会倒计时100天活动做"海宝"年糕。下午，由100名小学生组成的"2010"图案成为音乐喷泉广场上的一道风景。孩子们手持彩笔，绘出心中的世博。65岁的鸽子驯养员，被称为"三军总司令"的吕文广也秀了一回英语，一声"Welcome to Tengtou"，引来掌声无数。只有小学文化的他说："世博会时肯定会有更多外国人来滕头，我好歹要会几句英语。"

在世博倒计时100天之际，央视连线上海之外两处与世博会相关的地点，滕头是其中之一。傅企平出现在直播现场，相当于又给滕头村做了一次免费广告。

滕头村还以世博为契机，发起了宁波滕头馆精品树果征集活动，吸引了上海、上虞、镇海、余姚、慈溪和奉化等地果农广泛参与。经过半个月的公开征集和严格评选，具有奉化和宁波特点的树果珍品草莓、芋艿头、彩椒正式入选。

在迎世博的热潮中，傅企平于3月3日赴京参加全国两会。其中《关于抓住世博机遇，充分利用后世博效应的建议》等议案，也成为两会上的热点。

3月6日上午，时任中共中央政治局常委、国家副主席的习近平参加了十一届全国人大三次会议浙江代表团的审议。其间，习近平两次与全国人大代表、滕头村党委书记傅企平亲切握手，称赞"滕头干得很不错"，希望傅企平继续发扬滕头精神，带领全村党员干部群众再创佳绩。

3月9日上午，滕头村在北京举行新闻发布会，启动了宁波滕头馆全球海选馆长活动。一个月内，来自十多个国家和地区的三千余人通过电话、网络和现场咨询等方式报名。

在初选的十名候选人中，有浙江省绿色环保志愿者协会创始人忻皓，他在上大学的时候就发起了"千年环保世纪行"活动，骑自行车环浙江两千余公里宣传环保，十年来共募集环保经费350万元，并多次赴加拿大、美国和中国台湾地区参加环保活动，受到美国前总统克林顿等多位政要接见。

候选人中还有被网友称为"中国最牛中学生"的北京初三学生周由希，熟通英语、日语、法语。还有德国在华专家爱卡德，他一直热衷人居环境和生态保护事业。全国人大代表、云南红河县副县长李福珍，以及被誉为滕头"三军总司令"的滕头景区驯养员吕文广也被列入候选人名单。

3月20日，中国世博旅游年宁波启动仪式又在滕头生态旅游区举行。与此同时，滕头百户世博农家开始"盛装"迎客，一百户村民腾出自家一至三间不等的房间供游客居住，发展"民宿经济"。

4月10日上午10点58分，竣工交付的宁波滕头案例馆的大门徐徐开启，备受期待的滕头馆首次公开亮相。上海世博会执委会副主任周汉民，以及宁波市四套班子的领导成为首批体验者。

4月30日晚，上海世博会在世博文化中心举行了开幕式，傅企平应世博组委会邀请参加了开幕式。5月1日，上海世博会正式开园，与此同时，滕头村也开展了舞龙、舞狮、世博知识有奖问答等庆祝活动。

为了倡导低碳旅游，景区特地购买了一批自行车供游客租借。这些举措使得滕头在"五一"小长假期间游客达到9.2万人次，门票收入达128.5万元，同比分别增加54.62%和55.94%。很多没有买到上海世博会单日门票的游客，来到宁波滕头案例馆的原型地，一睹为快。

滕头人的努力没有白费。在世博会闭幕时，作为世博会上独一无二的乡村馆，宁波滕头案例馆累计接待游客113.1598万人次。本来，宁波的最初目标是6个月接待游客60万人次，但自开馆以来，宁波滕头案例馆的人气之高实在超出了预期，最终在"世博风云榜"案例馆投票中排在了第三位。

世博会让滕头出尽了风头。借助世博效应，滕头在全国的知名度和影响力进一步提升，越来越多的人开始知道——中国有个滕头村。

2016年，宁波滕头馆被完整地搬迁到滕头。

2017年，滕头馆部分场馆试开放。重建的滕头馆占地4000平方米，比原先世博园场馆中700多平方米的建筑空间大得多。馆内由50多万块旧砖瓦组成的"瓦爿墙"，大部分是从世博园滕头馆上拆下来的。

宁波滕头馆矗立在滕头村，它是一个象征，也是一块里程碑。我们不禁想，一个有梦想的村庄是有诗意有远方的。一个有梦想的人，也是有诗意有远方的。

6 | 酷爱学习的全国人大代表

有人曾经把滕头村前两任书记的做事风格做过一番比较。如果说傅嘉良给人的感觉是沉稳内敛、善于决断，那么傅企平给人的感觉则是能说会道、头脑活泛。但他们也有很多共同点，其中之一就是爱学习。滕头能够一直走在前列，跟领导人的好学有极大的关系。

傅嘉良年轻时就有看书看报的习惯，每天都要细细地阅读报纸，国家的政策，一些先进的想法和做法，都是从报纸上看来的。有人说，"最没有价值的就是昨天的报纸"，但对于看过的报纸，傅嘉良都会叠放得整整齐齐，连四个角都放得平平展展，没有一点折痕。

傅企平也是一样。由于村里事务多，他就让办公室的人把国内领导的重要讲话、新出台的一些政策、其他地方的先进经验全部从报纸上剪下来，放大了看。

傅企平博闻强识的能力，让很多人赞叹不已。像开国十大元帅十大将军五十七上将，还有《水浒》的一百单八将，他能一个不落地随口说出来，连顺序都不会错。说起党史，可以从1921年说到现在，就连宁波市委党校的教授听了也说:"你可以到我们这里当党史教授了。"

博闻强识,其实是好学的体现。而且,傅企平学习的范围很广泛。他知道很多典故,说话时经常引经据典,跳跃性很强,以至很多人摸不着头脑,跟不上他的思维节奏。

但是,能说会道的傅企平也有害怕和紧张的时候。

2003年1月,傅企平当选为第十届全国人大代表,这对他来说既是荣誉也是挑战。傅企平跟班子成员说:"天不怕地不怕,就怕让我讲普通话。"有一次,他在电视上听到自己在大会上的发言后说:"不说普通话我自己还能听懂,说了普通话连我自己都听不懂了。"

为了能和别的代表正常交流,他开始刻苦学习普通话。他见缝插针地看电视、听广播,对于拿不准发音的字,他会随时随地向身边的年轻人"请教"。经过几年的磨炼,他的普通话有了很大进步,再也用不着身边人给他当"翻译"了。

傅企平一直认为,跟上时代,跟紧形势发展,是对一个基层干部的基本要求。当电脑开始普及应用时,傅企平开始刻苦学习电脑操作。从2000年开始,傅企平嘴里念叨得最多的单词是"WTO"。在村里负责旅游接待的孙大森,退休前从事过经济方面的管理工作,一段时间里,傅企平每天一上班就跑到孙大森的办公室请教WTO知识。

傅企平一直把提出高质量的议案建议看作人大代表履职的重要内容。在这方面,他同样经历了一个不断学习和摸索的过程。

最初两年,傅企平提出的建议较多,被大会列为议案的很少。通过学习,他的履职能力和水平不断提高,每年都有亮点,后来成了"议案建议大户"。

有人做过统计，傅企平自 2003 年当选为全国人大代表以来，一共提交了 40 件议案和建议。他的这些议案和建议，主题一般涉及生态环保、新农村建设、民生及其他社会热点问题，加上超强的表达能力，他成为各大媒体关注的"明星代表"。

对于决定要做的事，傅企平都会认真学习，深入钻研，把自己钻成行家。刚开始做苗圃的时候，每到一个地方或在半途，发现有苗圃，他就会下车转悠，看哪个苗圃生长得好，哪个苗圃长得不好，别人是怎么在做的，并虚心向别人学习取经。

他订的《中国园林》杂志，每期都要看完。滕头园林分布各地的苗圃基地的老总、负责人看到他来，都是又喜又怕——怕的是傅企平比他们还内行，什么事都打不了马虎眼；喜的是他一指点，肯定能让他们有大收获。

有一年的全国两会上首次提出了 PM2.5 的概念，他马上向清华大学的一位教授请教，问哪些树能吸附灰尘。谈到后来，连这位教授都甘拜下风，说："我跟你无法交流，你讲得太深了。一个农村的党委书记跟我聊这个话题，真是让人想不到！"后来，傅企平围绕如何选择树种来降低 PM2.5 提出了一系列可行性建议。

傅企平不仅重视自我的学习，还注重为全体村民创造学习的条件，引导他们加强自我学习。

1992 年，滕头村就开始在村住宅区西侧建设图书馆。1997 年，滕头图书馆正式挂牌。图书馆共两大间，面积有 100 多平方米，并设专职管理员一名。外间是开放书库，收集各类书籍 1 万多册；里间有电子阅览室。馆内还订了 20 余种报纸杂志，供党员群众了解和掌握最新的发展动态及政策信息。

我们从傅企平身上看到，要做好一项事业，当好一个地方的领头人，并不在于你原来有多少知识，而在于有能够随时随地学习，不断吸收新知识为自己所用的能力，那样就能成就一番了不起的事业。善于学习，不仅是滕头发展的一个"法宝"，也是值得其他乡村领导学习的重要经验。

7 | 宁可少一个人才，不可出一个歪坯子

重视学习的人必定重视教育。在傅企平的精神世界里，除了如树木般浓密茂盛的"绿色情结"，还有浓厚的教育情结。或许是因为自己从小没有享受过多少教育，因此对教育的重视，他和傅嘉良一脉相承。

早在 1988 年，村里就集资 15 万元新建了一所小学，并提高教师待遇。后又逐年增加投资，一步步改善教育设施，并在全村幼儿园、小学实行免费教育。

1990 年 5 月，滕头村设立"育才教育基金"，并将章程写进了村规民约。章程中写道，要在每年 7 月 10 日召开"振兴滕头勤奋教育表彰大会"，奖励勤奋教育的好园丁、德才兼备的好学生，以及教子有方的好家长。

1993 年，滕头村在村规民约中规定：为提高村民的文化素质，开发智力，鼓励读书，培养各种有用人才，对高中毕业或考上中专的学生每人一次性奖励 300 元，考上大学的一次性奖励 500 元。

2003 年，滕头村又出台了《"莘莘学子，勤奋有为"奖励金实施细

则》，其中规定：村民子女被第一批录取的，奖励1万元；第二批录取的，奖励5000元；第三至第五批录取的，奖励2000元；非普通高校高职类录取的，奖励2000元；全日制研究生录取的，奖励1万元。

到2006年，滕头对考上硕士研究生的奖励增加到2万元；对考上博士研究生的奖励5万元；考进电大、函授的学生，毕业后全部费用由村集体报销。

我们看到，随着滕头经济的发展，滕头村对教育的投入也在逐年加大。自设立教育奖励基金以来，这个只有800余人的小村已培养出2名博士研究生、15名硕士研究生和近百名大学本科生。

滕头小学校长范春叶说，每年7月10日，不管村里事务再多，傅企平都会准时参加育才基金会的颁奖典礼。这一习惯雷打不动，足见滕头村党委对教育的重视。

"每年7月10日临近时，傅企平就开始问我，你准备好了吗？成绩单拿过来。每年中考和高考一结束，电话都会准时打过来，问哪几个人参加高考，成绩怎么样。"范春叶说。

就这样，每年中考、高考结束后，范春叶就会及时去了解孩子们的考试成绩，就怕傅企平打电话来问。要是答不出，傅企平就会责备他太不重视、太不关心。

所以，每年中考、高考前，范春叶就要抢先一步了解应试名单。但他了解的名单只限于滕头本地考生，有些早就搬出去了，但户口仍挂在滕头的，范春叶并不知情。这时傅企平会补充，还有某某人的女儿、某某人的儿子。范春叶说，那我怎么知道呀？傅企平就会严肃地说："只要户口在滕头，就算是我们滕头人，都能享受教育奖励基金，所以个个都要通知到。"

还有两件事情,让范春叶印象深刻。村里有个姓胡的孩子很顽皮,表现不好,但是身世很可怜——父母离婚,母亲再嫁,父亲长年吃药。他一直由奶奶养着,管教不力。傅企平为了这个孩子,多次到学校去。

后来,宁波开了个求真学校。傅企平有一次乘汽车路过,看到学校外面有条广告语写着:"没有教不好的学生,只有不会教的老师。"他就想到了这个姓胡的孩子,回村后马上找到范春叶商量:"求真学校广告做得介亮,要么将孩子送到那个学校读初中去?"

后来,傅企平真的让这个孩子上了求真学校。求真是私立学校,费用很高,所有费用都由村里出。

还有一个姓傅的学生,也是父母离婚。傅企平又再三对范春叶说:"宁可少一个人才,不可出一个歪坯子。这样的孩子一定要千方百计教育好,否则以后得多少人去矫正!"

后来这个孩子上小学、初中的费用全部由村里负担。这个孩子到奉化职业高中就读时,傅企平还委托范春叶像结对子一样时常去联系他,关心他。

8 | 那些年，被他骂过的年轻人

教育是长线投入，人才却是眼前所需。

事情还得从 1989 年说起。当时的滕头服装厂从德国引进了两台锁眼机，工效要比人工锁眼高出几十倍。大家看了都非常高兴，满口称赞，说还是进口设备好。

不承想到了下半年，其中一台锁眼机出了故障。当时正值生产旺季，产品如不按时出厂，既会影响企业的信誉，又会造成很大的经济损失。可厂里自己培养的技术师傅不懂德文，面对厚厚一大本进口部件说明书，就像看"天书"一样。工人着急，厂长傅志存更是火烧眉毛，马上派人去上海请高工，飞机去，快艇回。上海的高工到厂里后拿来外文说明书一看，只用了三分钟，锁眼机就恢复了运转。

目睹别人"举手之劳"就解决了问题，而厂里却搞得如此兴师动众，本厂的两位技术师傅不禁汗颜。他们已有十几年的工龄，对于国产缝纫机只要一听声音就能判断毛病何在，但由于不懂外文，只有站在一旁看着的份儿。

1990年，村里又添置了一台大型联合收割机，为家庭农场提供配套服务。到了秋收时，收割机的一个进口大齿轮损坏了，必须另配一个。这种进口的农机配件只有到宁波农资公司才能买到。负责机修的师傅同样不懂外文，就将齿轮上铸刻的型号含含糊糊地抄在纸上，来到宁波农资公司门市部。管理员根据他抄在纸上的型号，根本找不到相应的齿轮。机修师傅只好回村把这个140多斤重的大齿轮背到了宁波。管理员一见实物，当即笑出了声。去时背一个，回时挑一担，同样闹了个大笑话。

　　现实的教训，使当时的滕头村党支部深刻认识到，要想发展经济，必须重视智力投资，大力引进人才。

　　正如当年傅嘉良对傅企平和傅志存等人的培养，傅企平在担任滕头村党委书记以后，也开始大胆任用村里的年轻人，并从外面引进管理人才。

　　滕头集团党委委员、集团副总裁沈静波，就是在滕头成长起来的"外村人"。

　　沈静波是改革开放的同龄人，生于1978年3月，是奉化江口街道周村人，1996年毕业于浙江纺织工业学校涉外财会专业。毕业后，要找实习单位，当时傅企平在奉化成立了一家绿化建筑公司，表兄傅平均就介绍沈静波到这个公司实习。

　　在实习过程中，傅企平看到沈静波做事踏实，能吃苦，并且很有想法，就问他："正好你也要找工作，愿不愿意到滕头来？现在到滕头，以后也还有机会去机关。"

　　沈静波考虑了一下说："我试试看，也不一定能做好。"

傅企平又问沈静波未来的职业方向是哪一块。

因为专业是财务，沈静波就说做财务。

1998年8月，沈静波到了爱伊美公司的财务部工作。当时爱伊美是滕头最大的企业，各种财务制度已经非常完善，沈静波在那里得到了很好的锻炼。用沈静波的话来说，相当于在那里进修了一年。

1999年1月，由于傅企平希望沈静波能尽快担当重任，年仅21岁的沈静波便进了滕头集团总部。

2001年，沈静波担任滕头集团总会计师，协助傅企平负责集团财务管理工作。

2008年，沈静波进入村党委班子，现已升任滕头集团副总裁。

沈静波还记得，刚参加工作时，傅企平就对他说："静波啊，你一定要会吃苦，一定要比别人做得好。因为你不是滕头人，你如果做得和滕头人一样好，我为什么要用你？滕头人也会说，滕头人生活还没着落，你算本事最大啦？"

这句话让他至今难忘。之后他也会这样教育新员工："你到滕头来，是因为与我们志同道合。你要以创业的心态来加入，如果是以打份工的心态来求职，那滕头不适合你。"

对这个时期的滕头人来说，改土造田的时代似乎已离他们很远了，无论是集体经济，还是村民的生活都越来越富裕，他们不用再吃像上一辈滕头人那样的苦。但是，如果那些有才华有能力的年轻人，以为到了滕头可以只享受滕头的发展成果，而不必拼命付出，那就大错特错了。

现任滕头集团副总裁袁坤，就为此吃了不少"大苦头"。

初见袁坤，感觉他是一个性情温和、处事沉稳的年轻人。虽然已经有 20 多年工龄，但他身上还保留着一种书卷气。那句极富冲击力的滕头宣言——"乡村，让城市更向往"，就是他和同事们讨论后定下来的。

1976 年，袁坤出生在被称为"中国草莓之乡"的奉化尚田镇尚一村，1995 年毕业于浙江纺织职业技术学院。当时学校鼓励年轻人到最艰苦的地方去，袁坤就被分到了一个偏远的乡镇——北仑白峰镇政府当公务员。1996 年，袁坤担任白峰镇团委书记，1997 年任白峰镇报道组组长、武装部副部长。

因为白峰镇离家太远，每次转公交车要三四个小时，父母希望他能回来工作，加上女朋友也在奉化，袁坤开始考虑工作调动的事。

那时，他并不愿意到企业上班，毕竟自己是公务员身份。后来，他以乡镇下派到企业帮助工作的身份，进了奉化南海集团。

2002 年底，有位领导告诉袁坤，滕头村办公室主任的位子已经空缺了一段时间，但书记要求比较高，建议他可以去试试。

那时滕头的名气已经很大，袁坤就抱着试试看的心态去了滕头。面试当天，傅企平只跟他简单聊了几句，就让他 12 月 9 日正式上班。

不料上班第一天，傅企平就给了袁坤一个"下马威"。早上 5 点多他接到通知：傅企平要带着村党委的核心成员走访考察宁波新农村建设的先进村。

对那天的情形，袁坤印象深刻。大冬天，大家挤在一辆大面包车里，一天工夫考察了七个新农村建设的先进村，分别是：鄞州的湾底村和藕池村，余姚的谢家路和小路下村，慈溪的徐福村，镇海的光明村，以及锦纶集团所在地的一个村。

他没想到，第一天到滕头就是这种工作状态。

他更没想到的是，以后这种状态就是常态。

傅企平性子急，想到什么事情就要立马去解决。有时会在凌晨三四点的时候通知大家起来开会。

这让过去在机关工作的袁坤很不适应，一是作息没有规律，二是工作强度很大，经常是早上六点起来开会，夜里三点还在写材料。

我们都知道办公室主任其实是个"打杂"的苦差事，对上要服务好领导，对下要做好安排和联络，真正是"事无巨细"。跟着傅企平这样的领导，袁坤从那时起就养成了手机24小时开机的习惯。除了上飞机，手机随时都保持畅通，因为傅企平随时可能打电话给他。

当过傅企平办公室主任的人都有一个共同的感受："天不怕地不怕，只怕企平书记半夜打电话。"

在滕头工作的前十年，袁坤每年至少有350天是在滕头。傅企平自己每年只休息一天。正月初一，妻子何阿素会请所有亲戚到家里吃一天，然后告诉他们，其他时间就不要再来了。傅企平正月初二就开始上班了。记不清有多少年，傅企平大年三十还在工作，有几次年夜饭都没吃，有时是吃了年夜饭又出去。

袁坤不得不在每年正月初二就到村里上班。他知道，如果自己不去，傅企平就会打电话过来。傅企平总是趁着节假日到全国各地考察，主要考察园林苗木基地建设，因为他对这个有感情。

后来几个年纪大的人都劝傅企平：滕头要引进人才，作息这样不规范不行。我们无所谓，别把人才吓跑了。

除了这种高强度的工作节奏，让年轻人更不适应的，是傅企平的管理方式。对那些工作没有做好的人，他会不分场合不讲情面地开口就骂。

后来办公室又陆续招了几个年轻人。经常有人找袁坤诉苦："实在干不下去了，书记简直在折磨人。"

跟着傅企平十几年，袁坤深知傅企平是对事不对人，没有丝毫恶意。他一直相信棍棒底下出孝子，越是寄予厚望的，往往越是骂得狠。

袁坤只好耐心地做他们的思想工作，说这不是折磨，是为了让你印象深刻，记住教训。

毕业于宁波大学的吕波强，就曾因为挨傅企平的骂，几次想要离开。2009年，因为一个偶然的机遇，吕波强到滕头应聘办公室副主任一职。当时袁坤已是总裁助理，面试结束就把他招了进来。

在到滕头之前，吕波强就听外面人说企平书记火气大、要求高，做错事情了会批评得很厉害，不留面子。第一次见到傅企平，傅企平没有一句寒暄，直截了当对他说："小吕，到滕头工作胆子要大，事情要做实，不能捣糨糊。"那次傅企平给吕波强的印象是严肃、实在。

不久，吕波强就领教了傅企平的火气。那次村里有一批客人来参观，接待办通报的是十几个人，他就安排了一个可以坐二十多人的会议室。想不到实际来了四十多人，很多人没地方坐。傅企平看了，当着众人的面非常严厉地批评了他。这让当时已经快四十岁的吕波强感到无地自容，并第一次萌生了辞职的念头。后来在袁坤等人的劝解下，才继续留了下来。

吕波强后来才明白，傅企平有他自己的想法。他认为如果年轻人工作有失误，个别、私下交流触动不大，当众批评才能让人印象深刻，刺激大，才能成长快。在傅企平的这种"高压"模式下，后来吕波强做事会方方面面考虑周全，确实成长很快。

如今，担任滕头控股集团几个分公司老总的吕波强感慨地说："想想过去，我曾有三次想辞职。现在想想，我38岁到滕头，还是来得晚了！"

现任滕头集团党委委员兼集团办公室主任的何军，也多次领教过傅企平的暴脾气。面试通过后，他坐在会议室里等傅企平。那天傅企平刚从一个工地回来，仍然是没有一句寒暄或客套，上来就说："我这个人非常凶，要求很严，以后你会有深刻体会。要是工作做不好，我会骂人的。"

确实，何军之后就被骂了好几次。但何军也发现了，傅企平的教育方式就是雷厉风行，今天对你是暴风骤雨，明天就是雨过天晴。被骂过的人还记忆深刻，他自己却忘记了。何军感觉，被骂的"好处"是，刚开始跟着傅企平的一个月时间，比他过去五年学到的还要多。

很多人都忘不了傅企平给自己上的第一课。现任滕头宣传委员的钟水军，原在一个镇当党政办副主任，应聘后向傅企平报到时，傅企平先是随和地跟他打了个招呼，说："你不做鸡头，来这里做凤尾来啦。"紧接着话锋一转，严肃地说："你到滕头来，务必抛弃镀金的想法。"先就给钟水军打了一剂预防针。

袁坤跟在傅企平身边十多年，可以说是最了解傅企平的人之一。那个时期，傅企平刚全面接手滕头不久，压力很大，想加快发展，心里比较急，遇到不满意的事会发脾气、骂人，实际上跟家长对自家的孩子一样，是恨铁不成钢。

虽然深知傅企平的脾气，但袁坤自己也曾想过离开。2003年他第一次有了这个念头，2004年正式跟傅企平提出辞职。

"你想去哪儿？"傅企平问袁坤。

"这个我还没想好。"袁坤答。

那几年，高强度的工作节奏让袁坤得了"星期一综合征"——每个星期天下午就开始难受，因为一上班就要应对各种繁杂的事务。

在傅企平看来，很多原来在机关的人到滕头工作，都是把滕头当"跳板"。之前有两个办公室主任，后来都成了正处级干部。傅企平以为袁坤也是这种心理，就对他说："你到机关里看看有什么位子，看中了就跟我说，我帮你争取。"

听了这话，袁坤不禁有点感动，心想，我都要离开了，企平书记还在为我考虑。

村里开党委会，傅企平就提到了袁坤想走的事情。后来又补了一句："虽说这个办公室主任用得也不是特别满意，但再找一个也确实挺难的。"

傅企平说这话时袁坤并不在场。别人向他转述后，袁坤又感动了一回。他找到傅企平说："等找到合适的人我再离开吧。"

两个月后还是没找到人，还是袁坤自己去找了傅企平："找不到人我就继续干吧！"

这一干又是两年。

2006年，在傅平均的运作下，滕头控股公司正式成立。控股公司刚刚成立急需人才，傅平均就动员袁坤去滕头控股当副总："办公室太辛苦，你到我这里来，收入高，还没那么辛苦。"

听了傅平均的话，袁坤当然也开心。他对傅平均说，那你去跟企平书记说，我去说不好。

傅平均就去找了傅企平。

之后袁坤上班时，傅企平装作不经意地问："你想去那里啊，你自己要考虑清楚。"

袁坤一听这话，就明白傅企平不想让他去。但当时傅平均把他的办公室都装修好了，于是他就去了滕头控股。

傅企平不得不再招一个办公室主任。后来，找到一个曾在机关当过办公室副主任的人，结果才干了一个月就走了。一是他适应不了傅企平，二是傅企平也不满意。

有一次，傅企平喝了点酒，给袁坤打电话："看来，还是我俩配合默契一些。"

袁坤在第一次想走没走成后，就调整了心态，主动去适应傅企平的工作节奏。渐渐地，傅企平在想些什么，什么人想见，什么人不想见，他都清楚。很多时候，不需要傅企平交代，他都能把事情处理得妥妥帖帖。

俗话说"酒后吐真言"。袁坤明白傅企平想让他回去，但他是书记，要面子，所以不肯明说。

袁坤劝傅企平："书记，你要给别人时间适应，我刚开始也不适应的。"

那次之后，傅企平又给袁坤打了几次电话，每次还是不明说。最后，还是袁坤主动说："书记，你要真想让我回来我就回来。"

一个多月后，袁坤又回到了村里。

那些被傅企平骂过但没有离开的年轻人，后来都成了才，如今都在滕头的重要岗位任职。之后，随着高学历人才来得越来越多，傅企平也意识到他这种批评教育的方式不合时宜，渐渐地就以引导为主，比过去平和耐心多了。

我们可以感受到，在傅企平严厉甚至凶悍的外表下，是他对年轻人的关怀和重视。这点他和傅嘉良也是一样的。

沈静波、袁坤、吕波强和何军等人，都属于滕头引进的人才。从这些年轻人身上，我们看到，发展中的乡村非常需要人才，如果你有学历、有才华，能吃苦耐劳，一定会在这里派上用场。那些从农村出去的年轻人，如果能够回来为乡村振兴做一些事，也将为自己创造全新的前途。

9 | 不要忽视了这样一个群体

沈静波、袁坤等人,是滕头村引进的外来人才,他们对滕头的发展起到了非常关键的作用。但是,我们在讲到滕头如何创造了发展的奇迹时,不能忽略了这样一个群体,那就是滕头数以万计的外来打工者。

我们必须认识到,滕头的今天并不仅仅是滕头人自己创造的,这些打工者同样为滕头的发展贡献了巨大力量。

目前,滕头村民有343户,844人,而外来打工人员最多时有一万多人,长年居住在滕头村内的有一千多人,已占据滕头居住人口的大多数。

这一千多名外来务工者,大多居住在滕头村的第二代农家楼里。他们一般都在奉化的开发区上班,也有少量的人在滕头村开发区上班。光在开发区的台资企业亚德客公司上班的就有两百多人。

这些务工者来自全国各地。我们在滕头第一排农家楼遇到了来自安徽的段兴彬一家。段兴彬和爱人赵伟都是50岁上下,老家在亳州市蒙城县双涧镇段湖村。他们2003年就从老家出来,之前在周巷、慈溪打过工。

赵伟告诉我们,她弟弟2003年到爱伊美服装厂上班后,就让他们一家也过来看看。2006年,一家人来到滕头,如今已在滕头生活了12个年头。

到滕头后,一家人开始都在爱伊美上班,赵伟做服装,段兴彬是车工。这几年,因为要帮儿子带小孩,就在租住的房屋前做点小生意,赵伟做些面点和小吃来卖,段兴彬则负责卖水果。

赵伟告诉我们,他们现在租住的农家楼,两层加起来有90多平方米,一年的租金是一万多元。他们每月卖水果、副食的收入,有四五千元,可以维持基本生活。

"主要是带孩子方便,孩子在附近村上幼儿园。"赵伟说。

现在,他们的两个儿子都在这里落了户。大儿子还在爱伊美上班,小儿子在奉化开了家干洗店,生活都还算安定。除了打工的收入,段兴彬还在老家承包了16亩地,每年还要回去种。

我们问他:"每年收成怎样?"

"那要看天给不给你吃。"段兴彬告诉我们,老家没有像滕头这样的水利工程。像滕头泵站这样的抽水设备,他们从来都没有见过。

第二代农家楼,是滕头现存最老最旧的房子,但这里也是生活气息最浓厚的地方。很多村民一早就来这一带买菜。来自贵州铜仁的何新军,拉了一货车橘子在村口售卖。何新军出生于1971年,出来打工21年,来滕头有13年了。老家和他一起来滕头的还有五六人。

刚开始出来打工时,何新军和同乡们在上海徐汇码头当搬运工,一天有三四十块钱的收入。然后到了温州一家公司做拉链。后来有同乡说宁波这个地方好，就到了宁波。最开始他在萧王庙街道的杜郎坪村帮别人做苗木，一个月的收入是 800 多元。第二年还是做苗木，每月可以拿到 2800 元，并且还管吃管住。再后来他自己买了辆货车卖水果，一个月可以有六七千元的收入。

从聊天中得知，何新军以前就帮傅平跃做苗木活。虽然现在他自己出来做生意，但他住的房子还是傅平跃的，傅平跃也不收他房租。

现在何新军的妻子儿女也都来到了宁波。妻子在邻村的汽车零配件公司上班，月工资有 5000 多元。女儿在宁波妇儿医院当护士。儿子今年 19 岁，在宁波读高中。"现在钱也不好赚，竞争太激烈了，好在不用出房租。"何新军说。

在跟这些外来务工人员的交流中，我们发现，滕头村很重视与外来人口的融合。外来务工者在滕头租房，不仅房租便宜，而且在水电费、物业费和教育费用方面都享受和滕头村民一样的待遇。

滕头小学有 60% 的学生是外来务工人员子女，多年前滕头就对他们免收借读费，比奉化统一免收借读费还要早几年。滕头村在召开村民代表大会时，也会专门请一些外来务工者代表列席。

滕头人的"不排外"，应该是很多打工者愿意长住滕头的重要原因。

10 | "三先"与"五抓五不忘"

早在改土造田时期,滕头村就是奉化的"十面红旗"。半个世纪以来,滕头能够一直走在前列、"红旗不倒",真正的原因是什么呢?

"这里的党组织过硬,充分发挥了战斗堡垒作用。"来过滕头的各级领导都如此评价。

滕头村党组织自改土造田时代开始,就非常重视自身建设,注重吸收新鲜血液,保持了党组织旺盛的生命力。傅嘉良、傅企平两任书记都视野开阔,没有宗族观念,形成了任人唯贤、任人唯才的用人风气。到了傅企平这一代,不仅留住和培养了村里的优秀人才,还引进和培养了许多外来人才。在这一届党委班子里,五名委员中就有两名是非滕头籍的。

我们知道,滕头村于1994年成立党委。在全国的乡村里,一个行政村成立党委是非常少见的。

早在二十世纪九十年代中期,滕头村党组织就确立了著名的"三先"原则和"五抓五不忘"的基本路线。

"三先"原则是滕头班子处理书记与干部、干部与村民关系的准则。

奉化有一句俗语，叫作"上梁不正，下梁错拼"，就是上梁不正下梁歪的意思。为此，滕头村党委提出：凡是要求村民做到的，党员干部首先做到；凡是要求党员干部做到的，党委成员首先做到；凡是要求党委成员做到的，党委书记首先做到。

在农村，乡里乡亲请客吃饭是常事。但不管是老书记傅嘉良还是第二任书记傅企平，包括第三任书记傅平均，都深知"公生明，廉生威"的道理，多年来坚持做到不吃村民一餐饭，不收村民一份礼，不领最高工资，不住最好房子，不拿最多奖金。

二十世纪七十年代末开始的村庄改造，被称为滕头的第二代住房，即农家楼；1998年下半年开始，滕头开始造二代新居——小康别墅，分为196平方米、230平方米、360平方米三种户型，分别由村民自己出资8.5万元、9.5万元和17万元，其他由村里补贴，人均居住面积达到80平方米。近几年，滕头又建成了第三代新居——复式公寓套房。无论哪一代住房，滕头党委的原则都是：让村民先住，党员干部靠后。

小康别墅建好后，分给傅嘉良的别墅楼，傅嘉良不肯搬，执意要让给村民先住。村民们见了纷纷说："老书记不搬，我们也不搬！"傅嘉良是在这种情况下搬进了小康别墅。而傅企平至今还住在二十世纪九十年代建的第二代老房子里，家里还是普通的水泥地，装修简单到了简陋的程度。

正是依靠"三先"原则和党委书记的榜样示范，滕头村党委在党员干部和村民中才有很高的威望。也正因为如此，村里各项工作才能顺利开展。

"五抓五不忘"，是滕头党委班子在二十世纪九十年代中期总结出来的"基本路线"。即：抓物质文明，不忘精神文明；抓工业，不忘农业；抓先富，不忘共富；抓改革开放，不忘党的建设；抓经济发展，不忘保护生态环境。

先说抓物质文明，不忘精神文明。滕头有句流行语，叫"口袋富不算富，脑袋与口袋一起富，才是真正富裕"。早在1982年，滕头就制定了以"奔小康、育新人、树新风"为目标的创建文明村规划，提出了"生活富裕、身体健康、精神愉快、文化生活丰富、经济快速发展"的整体要求。

1995年又发动全体村民讨论，制定出"滕头人形象"八条标准：热爱祖国，关心集体；遵纪守法，维护公德；积极劳动，尽职尽责；相信科学，移风易俗；尊老爱幼，家庭和睦；团结友爱，礼貌待人；保护环境，讲究卫生；艰苦奋斗，建设滕头。

精神文明建设有效地促进了村庄治理和村民自治，2005年滕头村被评为"全国文明村"。

抓工业，不忘农业。村办工业最初是靠农业和副业的积累，因此他们提出：工业发展了，不忘反哺农业。早在1989年，当滕头的集体经济有了一定积累，就在搞好机耕、排灌、良种供应、植保等基础服务的同时，努力为农户提供综合服务。村集体连续两年投资39万元，进行农田水利设施的配套建设。还为农民配备了联合收割机和自动插秧机，大大减轻了农业劳动强度，提高了劳动生产力。村集体还与市农技部门挂钩，为农户传授科技知识，进行技术指导……后来又大力发展生态农业。

抓先富，不忘共富。滕头人常常不无自豪地说："我们这里没有暴发户，没有贫困户，家家都是富裕户。"针对"五个手指有长短，人的能力有高低"的现实，滕头提出的口号是："干部帮群众，先富帮后富，能者帮弱者，先进帮后进。"

抓改革开放，不忘党的建设。1959年，全村党员只有6名；1997年，党员达到70多名，其中40%是35岁以下的年轻人。2016年底，全村党员已达280多名，其中本村党员90余名，在村民中占比超过了10%。也就是说，每十人中就有一人是党员。

抓经济发展，不忘保护生态环境。我们已经知道，1993年滕头就成立了全国最早的村级环境保护委员会，"既要绿水青山，也要金山银山"已成为滕头人的共识。数十年持续不断的环境保护、生态建设的努力，换来的是"全球生态500佳""世界十佳和谐乡村"的殊荣，是人与自然和谐相处的村庄美景。

改革开放以来，滕头党委班子始终注重学习、吸收和创造性运用党的路线方针政策，以"五抓五不忘"为抓手，把各项政策落到了实处。让村民过上好日子，已成为全体党员的共同信念。

"抓好党建，以党风引领和促进村风、民风、家风，才有今天的和谐滕头！"傅企平经常在会上说。

那是一个让傅企平终生难忘的时刻。2016年7月1日，在北京人民大会堂召开的庆祝中国共产党成立九十五周年大会上，傅企平被评为"全国优秀党务工作者"，习近平总书记亲自为他颁奖。总书记在浙江主政时曾四次视察滕头村，颁奖时他握住傅企平的手说："常青树不容易，一定要继续走在前列。"

傅企平向总书记保证："一定好好努力！"

11 | 先富还要带后富

　　傅企平从北京接受颁奖回来后,身边的人都感到,他整个人变得更加不知疲倦了。他在召开党委班子会议时激动地说,总书记的嘱咐,是我们继续把工作做好的巨大动力,滕头以前取得的成绩都得"翻篇归零"。为了滕头走得更好、更稳、更远,他提出了建设"百年滕头"的新目标。

　　他恨不得把几辈子的时间都用在滕头。

　　他又不仅仅是为了一个滕头。

　　"一村富不是富,共同富才是真的富。"在傅企平的心里,始终埋藏着一个先富带后富、走共同富裕道路的愿望。

　　早在2003年3月,参加十届全国人大一次会议时,傅企平结识了同为浙江代表团的朋友——温州市文成县平和乡田东村支部书记蔡日省。

　　聊天中,蔡日省谈起他为了让村民摆脱贫困,已绞尽脑汁,日夜难眠。傅企平了解到,田东村修路的材料费还欠2.5万元,当即表示愿意帮助。会议期间一有空隙,他就与蔡日省探讨脱贫致富的话题。

之后，他又特地打电话到滕头村，与党委班子成员商量与田东村结对扶贫帮困的具体事宜，得到了党委一班人的赞同。如今，滕头已跟十几个欠发达地区的乡村结对扶贫。

事实上，傅企平最早提出"连锁滕头"的发展模式时，就有意要支持欠发达地区发展。一次，他了解到福建省清流县李家乡是个经济薄弱的革命老区，就带着相关人员三次进村考察。后来发现李家乡的山林资源很丰富，2500亩山地极具开发价值，但制约因素也非常明显，那就是缺少水源。

前两次，傅企平上山探寻水源，都没有找到。他不甘心，再次上山寻找，结果不小心扭伤了脚。后来终于在20多里外发现了一座小水库，他高兴得连脚上的伤痛也忘了。

找到水源后，傅企平和当地干部立即确定方案，开出了一条4.5里长的引水隧道，使2500亩山地和周边的"靠天田"有了充足的水源。之后，李家乡通过开发花卉苗木种植，带动了当地产业结构的调整，加快了脱贫致富的步伐。

以滕头村的发展带动周边村一起走上绿色发展的道路，也是傅企平的夙愿。为此，他们创造性地提出了"区域党建联合体"的办法。

事实上，早在二十世纪八十年代，就不断有领导提出，希望滕头把周边几个村并过来。但滕头始终认为，不能简单地"一并了之"。在很多决定滕头发展的历史关头，无论是傅嘉良还是傅企平，都会坚守一个原则——一切从实际出发，不能冒进。对于领导的提议，傅企平不是没有认真考虑过。为此，他们几次到华西村等地调研。大寨没有并村，南街村也没有并村，华西并村了，并了几万人，但也带来了一系列问题。

滕头党委经过慎重考虑后认为，对周边的村，可以帮扶，但不宜"兼并"。

在这种情况下，他们找出了成立区域党建联合体的办法。

2015年5月，在宁波、奉化两级组织部门的指导下，傅企平主动联合周边四村成立区域党建联合体，在不改变行政区划、不增加管理层级、不违背各村意愿的前提下，立足滕头党建、经济、生态、民生的发展优势和辐射功能，带动周边四村共同发展。

区域党建联合体成立当天，塘湾村党支部书记汪仁义激动地说："今后，塘湾这个'小舢板'，终于可以靠上滕头这艘'航空母舰'了。"

组建党建联合体后，区域内五村编制了《健康小镇建设总体规划》，依托各村资源划分商务景观、健康文化、绿色产业三大片区，串联起来打造"桃花盛开"风景线，力争实现"区域内无弱村"的目标。

滕头村西的青云村，是一个有千年历史的古村落。傅嘉良的老伴孙月仙就是青云村人。青云村一直有藏书重教的传统，出了不少读书人、藏书家和高官大商。据《泉溪孙氏宗谱》记载，明清间青云村的孙氏一族中进士2人，中举人11人，监生以上418人。明弘治十八年（1505），村人孙胜进士登第，官至刑部主事，于弘治二十五年（1512）受皇帝赐封，在村中修建了一座"联步青云坊"，村名遂由原来的泉口改为青云。民国初至1927年，青云村高等院校毕业的有39人，其中5人留学美国、日本。民国时期的孙鹤皋，早年留学日本，后追随孙中山先生致力于辛亥革命，一度身居要职，后弃政从商。

保存完好的古村落，代表了昔日的繁荣。但二十世纪八十年代以后，由于人口众多等原因，青云村发展明显滞后。因为没有资金投入古民居的修缮，整个村庄显得非常破败，垃圾遍地。

组建区域党建联合体后，傅企平经常向青云村党总支书记杨海定介绍外地古村落保护开发的好经验，并请来多位专家现场指导。通过几年治理，青云村现已入选第三批中国传统古村落、浙江省乡村记忆示范基地，以及宁波唯一的"中国美丽乡村示范村"。

区域党建联合体的成立，也改善了村与村之间的关系。2015年，强台风"灿鸿"来袭，位于上游的傅家岙村大批农田被淹，下游的萧桥头村主动把围堰挖开了1.2米的缺口，供傅家岙村的农田排涝。过去这两个村因农田取水问题有过嫌隙，像这样主动让道过水的情况，之前可是想都不要想。

在滕头村的示范带领下，奉化区已打造24个区域党建联合体，覆盖120个行政村。

12 | 书记病倒了

当傅企平一心为了让更多的贫困村早日脱贫致富而四处奔波时,他也许没有意识到,自己已是个年近七旬的老人。

2016年12月3日下午3点多,积劳成疾的傅企平突发脑溢血,昏倒在自己的办公室里。经过抢救,虽然脱离了生命危险,但暂时无法恢复意识。

滕头人都说,他是被超强度的工作累倒的。

"企平书记在办公室昏倒时,手上还紧握着送给扶贫地区的产业发展报告。"现任滕头村党委办公室主任何军说。

2016年下半年,傅企平接受了中组部、中央军委国防动员部等部门在四川和河北的对口扶贫项目。从10月起,他就频繁往返于这些省份,开展扶贫项目的调研考察工作。病倒前的两周,傅企平已跑了四川、河北、山东、安徽、江西、福建等6个省份。

那天,已连续五天出差在外的傅企平,连夜坐车赶回滕头,早上7点又准时出现在办公室。他先是到村里世博馆的建设现场布置工作,接着开始处理其他事务。

当时，何军和其他人还劝傅企平："书记，刚出远门回来，要稍微休息一下。"傅企平回了句："打完手头的电话再说。"等15分钟后何军再去看时，傅企平已经昏倒在地。

事实上，傅企平多年来一直处在这种工作状态。他的工作强度，很多年轻人都吃不消。为了节省时间，跑更多地方，处理更多工作，傅企平总是直接坐车前往目的地，白天进山下田调研，晚上直接睡在车后座上，连宾馆都不住。

吕波强还记得，有一次他跟傅企平到安徽宣城考察苗圃项目，第二天又出发到江苏泗洪县考察。当时因为天冷高速封道，等他们绕道到泗洪已是下午一两点钟了。下车后他们马上考察，吃完晚饭已经9点了。当时泗洪一位领导让他们无论如何要在那里住一晚，但傅企平坚持连夜赶回。赶到滕头已是第二天清晨5点。吕波强在家里稍作休息，怕万一早上有什么事，就在8点按时上班，结果发现傅企平已经在办公室了。

他已经习惯了这样的工作节奏。多年来，只要是远途出差，都要带两名司机，可以轮流开车赶路，以便节省时间和费用。去福建，经常是傍晚出发，晚上睡车上，第二天白天一到就赶紧工作，事情一办好，连夜往回赶，从来不住宾馆。他曾经用5天时间跑了6个省，吃饭都在路边小饭店，睡觉几乎都在车上。有时吃饭也不下车，上车前先买些馒头，路上将就着吃。

沈静波至今还记得，早年与书记一起出差，苦头非常大。有一次出差是要进行商务谈判，为了面子，他们选了五星级酒店。出来5个人，傅企平只安排了一间房间。床铺不够，他们只能叫服务员加一张钢丝床，然后拼着睡。宾馆是不允许这样住的，他们就在晚上分时段，一个一个进房间。

等到所有人进了房间，傅企平怕自己鼾声重，就叫其他人先睡。其实几个年轻人都不习惯早睡，到一个地方总想出去看看。但是跟着傅企平也没办法，只好听他的话睡下。等他们都入睡后，傅企平才开始睡。

宣传委员钟水军告诉我们，因为村里事务多，傅企平的时间观念很强，非常讲究工作效率。有一次，办公室安排他跟宁波两个部门的领导接洽。因为中间出现半个小时的间隔，他手指点着手表上的时针，痛心地批评钟水军："你是怎么安排的？你浪费了我30分钟时间，30分钟哪！"

滕头村综治办主任傅海丰也说："他经常边坐车边聊工作。到了深夜，聊着聊着他就睡过去了，可不到半小时，他又醒过来，立马接着刚才的话题继续讨论下去，一分钟都离不开工作。"

今年66岁的傅央改是傅企平的发小，跟傅企平最为要好。在傅央改的印象中，傅企平多年来一直是这么拼命，以至于他已经"习以为常"。

傅央改告诉我们，傅企平每天早上都是5点多起床，然后就在村子里到处转。傅企平自己说，这样做既可以强身健体，又能及时了解村里的情况，看看哪些地方需要改进，上班后就马上着手处理和解决。

2017年，中共宁波市委做出授予傅企平同志"为民好书记"称号的决定，并号召全市各级党组织和广大党员干部向他学习，学习他"一颗红心向党"的政治品格，"一切为民谋利"的百姓情怀，"一犁耕到头"的责任担当，"一往无前破难"的改革精神。

13 | 他把自己活成了一棵树

因企平书记病倒,我们没能见到这位有个性、有魄力并有传奇色彩的党委书记,这不能不说是一个很大的遗憾。但我们仍然能从他身边的人对他的讲述中,感受到他的性格和本色。

前面,我们已经讲到了他的很多故事,如:有生态意识和绿色情结;爱学习、博闻强识;对年轻人爱护有加又不乏严厉;善于借势和造势,为滕头村的发展争取一切机会;对工作无比热爱甚至狂热;等等。

在傅企平的带领下,滕头人都过上了令人羡慕的好日子,纷纷搬进了小康别墅和现代公寓,可他一家至今还住在滕头第二代农家楼里。村里人都说,傅企平的生活一直非常俭朴,不讲究吃,不讲究穿,一年365天都在想工作的事,简直是个"零娱乐"的人。这让我们想到了萧世显那句"布衣疏食,享受无穷。实不解膏粱文绣,有何可恋"。可见我们民族真正全身心投入到为民谋利之中去的官员是有的,而且有悠久的传承。

傅企平不仅自己是这样,妻子何阿素也是这样。何阿素后来承包了村里的食堂，事事亲力亲为。每天一早就去买菜，她说这时的菜最新鲜，价格又便宜。当时有人以为这食堂是个人承包，钱肯定是他们自己赚了去，实际上承包食堂赚的每一分钱都上缴了集体。过去承包食堂都亏损，何阿素承包后才有了盈利。有一年，食堂向村里上缴利润高达125万元。

傅企平让她去承包食堂，是希望家属带头承包，对其他企业老总起到一种示范引导作用。

何阿素在家里非常节约，冰箱里总放满了燀笋、燀芋艿等土菜。村里还有个传言，说傅企平在家里洗了澡后，要把洗澡水从浴缸里一盆一盆舀出来冲厕所。

一次闲聊中，沈静波问傅企平是不是真有这事。傅企平不好意思地笑笑说："你阿婶节约成习惯了，我平常照顾家里很不够，这样做也是为了使她高兴。"

沈静波还记得，第一年参加工作时，他到傅企平家里去拜年，礼物是一只鸡、几只咸蟹。傅企平对他说："你第一次来，我也知道，这些是你父母安排好的。如果我不收，也许你会怪我嫌你东西少。但以后你不能拿东西来了，你把工作做好就是对我最大的支持。"

从此，沈静波过年不再给他"送礼"。傅企平对下属的厂长、经理也是如此。因为一直住在第二代农家楼的老排屋里，一些厂长、经理过年提着礼物去拜年，当着左右邻居面推来推去不好看，他会先收下。年后，他就让当时任会计的沈静波去一一退还。

那时，傅企平的工资奖金都由沈静波打理，主要用于捐资助学。其中有一个是溪口镇东张村的滕海波,傅企平从他小学一年级就开始资助，一直到他读大学。这样的事情有很多，傅企平都不让对外宣传。随着他声名在外，全国各地经常有人向他写信求助，还有上门求助的。但集体有集体的规定，企业有企业的制度，不能随便开支，傅企平就用自己的工资奖金开支了。

"从普通人的角度看，企平书记的幸福指数真的很低很低。"沈静波不无伤感地说。

傅企平的幸福指数真的很低吗？

在当今这样一个人人思富追富的时代，几乎人人都为追求一己一家之富而疲于奔命，成了金钱和财富的奴隶，一生都会因追求不到更多财富备受煎熬。但是，如果人一生的目标只是追求一己一家的富有，那他的世界就太小了。一个不为追求财富而生活着的人，才是真正的富有。

傅企平一生爱树，他把自己也活成了一棵树——一棵为滕头人遮阴挡雨，并且还要荫及后代的大树。

当这棵大树倒下时，滕头人慌了。万一企平书记不能恢复意识，谁来撑起这个摊子？他们还担心，滕头这个一直走在前列的"常青树"，会倒掉吗？

傅嘉良也坐不住了。他多次给奉化区委书记高孟浩打电话，要求见他。之后，这个90多岁的老人自己跑到高孟浩的办公室，一见面，就眼泪汪汪地对高孟浩说："滕头不能倒啊，区委要支持滕头！"

傅嘉良当然知道，区委一直是支持滕头的。傅嘉良来找高孟浩的主要目的，是要求区里尽快为滕头选好接班人。区委的考虑是，傅企平刚病倒不久，不能人还躺在病床上就马上换届。而且，上上下下，也要有个时间来考虑。

事实上，关于接班人的问题，傅嘉良曾和傅企平有过一次谈话。

傅嘉良说："你现在也快70岁了，接班人要选好啊。"

傅企平说："老书记，人我已经选好了。"

"你选好了，就要好好培养！"

事实上，傅企平也曾多次表示，干过这一届就不再干了。他说："在我这个年纪时，老傅书记也退下来了。人家年轻人的头脑比我好。"

傅企平选好的年轻人，会是谁呢？

第三章

新时代,再出发

  世界格局发生了很大变化,人们的生活和思维方式也发生了很大变化,城市和乡村也在发生很大变化。年轻一代有更新的方法去发展经济,是脱离家乡去发展,还是依然立足家乡,突破土地和传统生产方式的限制,同外面的世界实现资源共享,与父老乡亲共同建设繁荣的家园?这后一种方式在滕头第二任书记上任时就开始了,由第三任书记和新一代年轻人发扬光大。滕头新一代为什么也能坚持共同致富不动摇?思之所得,他们在父辈集体主义精神的哺育下成长,是非常重要的因素。

1 | 临危受命

即使是一条渔船，也需要有人掌舵。何况滕头已犹如一支舰队，怎能没有人来统领航向？现在是，虽有人"临时负责"，但包括临时负责人在内，这支舰队在没有"正式舰长"的情况下，在市场经济的大海里，按照两任书记指给他们的航向，谨慎地继续前进着，等待着企平书记归来，或者新任命的舰长到位。

你大概不会想到，傅企平早就选好的接班人，是曾经跟随他多年的一个驾驶员。

请不要诧异。商代的伊尹，相传是个厨师，被商汤用为丞相。殷商武丁帝起用的傅说，《吕氏春秋》记载："傅说，殷之胥靡也。"胥靡为古代服劳役的奴隶或刑徒。傅说被武丁帝起用，成为"武丁中兴"时期的名相。傅说即滕头傅姓的先祖，这不是当今的"传说"，滕头村原有宗祠，宗祠的匾上写着"殷别遗宗"四个字，讲的就是滕头傅姓的来历。

傅企平为什么选跟随他多年的驾驶员，而且多年来藏在心里，没有对人说起？现在他躺在医院，说不出话来。我们感到傅企平是个有传奇色彩的书记，就在他选择和培养接班人这件事上，也不无传奇色彩。

当年，老书记傅嘉良要退下来时，很多人猜测他会把位子交给儿子傅平跃。傅企平发病之前，也有人认为傅企平会把位子让给他的儿子傅剑波。

傅剑波毕业于杭州大学经济管理系，现任浙江滕头园林股份有限公司董事长。还在上大学期间，他就在滕头园林公司实习。受父亲的影响，傅剑波对园林绿化也很感兴趣。毕业后，傅企平就让他到园林公司上班。多年来，傅剑波看着父亲一直为滕头的发展竭尽全力，觉得作为傅企平的儿子，自己应该为父亲分担工作，加上他本身对园林绿化感兴趣，就进了滕头园林。

前面我们已经讲到了滕头园林对村集体的贡献，以及滕头在实行"绿色输出"中对其他地区发展的示范和带动作用。论学历和能力，以及对村集体经济的贡献，傅企平让傅剑波来接班，应该是滕头所需要的，无可非议。

但是，和傅嘉良一样，傅企平从2011年开始就在有意栽培一个经得起考验的人来做接班人——就是曾经跟着傅企平，开了十二年车的傅平均。

谁会注意到在傅企平身边开车的这个年轻人？

但是，从傅企平一步步观察和培养傅平均，到上一届滕头村党委换届时对傅平均的任用上，已能看出傅企平要让傅平均来接任的轨迹。2013年，傅平均当选为滕头村党委副书记和村委会主任，在党委副书记的位次中排在首位。

被安排到滕头村"二把手"这个位子上，傅平均也知道傅企平的用意,但是,当傅企平突然倒下后,傅平均还没有做好接班的心理准备。这个担子太重了,重到你说不出它有多重。

傅企平生病后,按常规,上级要求滕头"二把手"临时负责,傅平均就被推到这个临时负责的位子上了。但傅平均本人,对于要不要接任村党委书记,难有那种"责无旁贷"的迫切感。因为担任滕头村的党委书记,这实在不是"做官",前两任书记全心全意为村民服务的精神,曾经把一个小村做出国际影响来的成就,都不仅仅属于滕头,真的是中国农民的骄傲……自己可以接任这个书记吗?这个问号久久地萦绕着他,考问着他。

还有,来自父母的强烈反对。父母再三劝他说:"你想为村集体做贡献也可以,你到外面挣钱,挣回来给村集体、给老百姓不也一样吗?但你在这么重要的位子上,能做好吗?能对得住大家吗?"

傅平均从小受到父母的夸奖,父母夸他聪明,夸他有爱心有善心。但是现在,连父母都怀疑他有没有接任滕头书记的能力。可见两任书记在滕头人民心中的位置,是相当崇高的,几乎无人可及。

可是,滕头得有一个新的党委书记啊!

傅平均一直是个孝顺的孩子,他本人常说"孝道大于天"。在他"临时负责"期间,除了竭力主抓村里的大事,还亲自管一些"小事",比如发现村里有某个年轻人对父母不敬,他就在村里老年协会的会上告诉老年人:谁家的子女要是对老人不好,就跟我说,我来骂他(她)。从这些方面也隐约可见,父母对他的影响很大,父母反对他接任书记的意见,对他的影响也是很大的。

于是,他找到党委副书记傅志存:"叔,这个书记你来接!"他是很诚恳的，几乎是请求。傅嘉良和傅企平那一辈接一辈的"前辈"，在滕头人的心中，都有久经考验的信任度。前辈书记倒下了，在傅平均看来，还应该前辈的副书记来担当。

傅志存则同样发自肺腑地对他说："你年轻，这个担子，还是得你接。你应该接。"

这时，同傅平均一起创业的老总和同事们，都热情地鼓励他："你接吧，我们一起来把滕头做好！"

一边是父母，一边是团队和村民，两边都真切，还有傅平均自己考量自己的压力……那段时间，他的体重从原来的 165 斤降到了 135 斤。

之前，也曾有一家投资公司想聘请傅平均过去，承诺年薪 200 万元，而且预付三年，一次性到位 600 万元。这听起来好像是神话，但在宁波地区，这不是很罕见的事。傅平均谢绝了。他心里知道"做集体"和"做私企"的区别。傅企平培养了他这么多年，他又是滕头人，让他弃滕头而去，就像要他抛弃国籍跑到外国去一样。

傅企平病倒后，加上老书记傅嘉良亲自找到区里，要求支持滕头选好接班人，奉化区委把滕头党委班子换届问题摆上了议事日程。

2017 年 9 月 8 日上午，滕头村党委会举行换届选举，傅平均高票当选村新一届党委书记。傅志存当选新一届纪委书记。新一届党委班子成员还有傅剑波、沈静波、何军等人。

换届选举中，一共有 205 名党员投票，傅平均得了 202 票。可见滕头人对傅平均的期待与厚望。

2 | 傅平均的"草根成长史"

你大概也想知道,傅企平为什么会选择驾驶员出身的傅平均。

2018年元月2日,我们第一次采访傅平均。到了10月,我们第二次见他时,发现他经过近一年的历练,已比接手滕头党委书记之初自信了很多。

同傅嘉良和傅企平一样,傅平均的学历也不高,但很爱学习。与沈静波、袁坤这些年轻人不同的是,傅平均是土生土长的滕头人。傅平均1973年出生,因为家里穷,在萧王庙读完初中后,就想早点打工挣钱。他一边打工,一边自学,从高中一路读到了本科,后来又上了浙江大学的总裁研修班。

"不学习绝对跟不上时代。"傅平均说。

1990年,他先在滕头一家中外合资的工厂打工,做小压件。因为他速度快,做的产品质量好,傅企平就让他学做车床。他又学了半年,傅企平见他做的车床比别人做的质量都好,又让他学驾驶。

学了半年驾驶,傅平均于1992年8月30日拿到了驾照,先是在一家包装厂开了半年货车。1993年4月20日，傅平均正式给傅企平书记开车。

"后来我感到，从让我给他开车起，他就在培养我了。"傅平均说。

为什么是傅平均？我们已无法去问傅企平，但我们能从傅平均的回顾中找到一些答案。说起二十多年前的旧事，具体到哪个月哪一天，傅平均都记得清清楚楚，比如拿到驾照的日子，给傅企平正式开车的日子。这说明他和傅企平一样，有超强的记忆力，而且对数字有超常的敏感性，这样的人往往都有经营天赋。

给傅企平开车，一开就是十二年。前几年，傅企平只有傅平均一个驾驶员，无论开多远，都是傅平均一个人。有一次，他从福建的三明开到滕头，连续开了三十多个小时。

能吃苦，做事认真，这大概是傅企平看重傅平均的一个重要原因。2004年，傅平均已经是村里的车队队长兼办公室副主任。这一年，他加入了中国共产党。

2005年，傅平均升任总裁助理，全面负责集团的对外接待、联络工作。但这时他的一项重要工作，还是给傅企平开车。

我们在想，傅企平为什么一直让傅平均开车？一方面肯定是傅平均驾驶技术好，而且能吃苦，但应该还有一个原因，就是傅企平想通过这种方式，对傅平均进行"言传身教"。

可以说，在傅平均给傅企平开车的这些年，傅平均成为傅企平最亲近的人。只要外出办事，傅平均几乎都是寸步不离地跟着傅企平。傅企平怎么做事，怎么做人，都会在潜移默化中对他产生影响。

长期跟随傅企平的特殊经历，使傅平均有了特殊的积累。2006年，当了两年总裁助理的傅平均不再安于送往迎来的接待联络工作，他向傅企平提出，要自己去做公司。

起初，傅企平并不赞成，理由是"做公司太辛苦了"。傅平均一门心思地想做，傅企平也就松口同意了。

2006年9月26日，滕头投资有限公司正式注册。这家公司创办之初只有三个人，一个是傅平均，一个会计，一个出纳，一切都从零开始。傅平均做的这个投资公司，是滕头集体性质的企业，不管盈利多少，全部上缴滕头村集体。但是，就这三个人开始创业，能不能赚到钱，能赚多少钱呢？

一开始集团也没有给这个投资有限公司投钱，因此在项目的起步阶段，傅平均是相当困难的。

"创办初期，许多人，包括集团领导对投资公司的经营不大放心。我们能不能做成，集团领导心里也没底。这也难怪，我是一个司机出身的草根。"傅平均说。

公司正式运行时，傅平均通过争取造地等项目向宁波、奉化两级政府有关部门申请到700多万元的项目资金。第一年过去，公司向集团上缴了500万元利润。

这时，集团给公司的3000万元注册资金到位了。这以后，这个投资公司更名为"控股公司"。就是说，不管吸引多少滕头以外的公司来共同投资，这个属于滕头集体的投资公司都要控股。

3000万注册资金到位了，接下来要做什么呢？

在一次和朋友的聊天中，傅平均得到一个信息：本地一家茶场因经营困难濒临倒闭。他想，奉化是个山清水秀的地方，农产品的品质都不错，这家茶场遭遇困境肯定有其他原因。于是，他驱车来到这个位置偏僻的高山茶场考察，发现周边十几公里都没有工厂，森林覆盖率高，空气质量一流。他又和茶场负责人交流，得知茶场经营困难主要是因为资金短缺，品牌营销不力。

傅平均决定投资这家茶场，开发生态白茶。

他一边建造标准化厂房，引进先进设备，一边通过复制滕头二十世纪改土造田的经验，把滕头和邻村的一些山坡地、废弃地变成可以耕种的地，使茶叶种植面积增加了400多亩。

之后，他们开发的"滕头白茶"连续五年荣获"中绿杯"中国名优绿茶金奖，并获第八届国际名茶评比金奖。一系列组合拳下来，不仅让茶场重获生机，还为滕头集体经济带来1000多万元的创收。

茶场的成功，让傅平均意识到借力发展的效应。用他自己的话说就是"借鸡生蛋"。在开发一个房地产项目时，他遴选了信誉好、实力强的合作伙伴。在取得项目控股权的基础上，他把滕头村的生态发展思想渗透到项目运作中，推出以"生态建材、生态环境"为建设标准的生态房产。这一项目同样取得了很好的经济效益，而且通过项目的运作培养了自己的团队，堪称一举多赢。

傅平均紧紧地抓住"生态"。工业化时代的生产方式使全球的生态坏境都付出了巨大的代价，中国也已经受到雾霾的困扰。他跟随着傅企平书记，从企平书记的思想和实践中深深地把握住"生态"二字，他明明白白地看到滕头得益于"做生态"，他也觉得企平书记的"做生态"不仅是对滕头的贡献！企平书记那么忙，为什么还要在参加两会时写议案交上去？就是想让全国都重视"生态"。

"生态"不仅是做园林，它是一种保护环境、创建健康生活的思想，这是当今全世界的人都需要的生活。这种思想是跟那种为了赚钱而不顾环境的做法相对抗的。今天做控股公司，不管做什么，都要把"做生态"贯彻到一切项目中去。这是傅平均从傅企平书记身上学到的实实在在的东西。

2010年左右，傅平均决定投资建"生态酒店"。是的，酒店也有"生态问题"：会不会污染环境？给顾客吃的东西是否符合健康要求？

在决定做之前，他已经观察并洽谈了两年多时间。这时傅企平又对他说："阿均，你不要去开饭店，这个生意是难做的，你阿姨（指何阿素）承包村食堂一年赚100多万元，每天买菜起早摸黑的。这个你赚不了钱的，最多给你赚个200万元。干吗要这么苦？"

傅平均知道，傅企平是关心他。他告诉傅企平："我这饭店不一样，它是生态式酒店，模式、管理上我都会创新，三年内肯定收回成本。"这真是，傅企平的思想已经渗透到傅平均的脑子里，但傅企平还不一定知道。

观察、洽谈的时间很长，一旦定下来就雷厉风行，这是傅平均的风格。他一直牢记着他在读北大EMBA（高级工商管理硕士）时，一位老师说过的话——缩短工期就是减少风险。于是，位于宁波北仑的生态酒店只用了六个月时间就建成开业了。

第一年，傅平均就向村集体上缴了500万元。

生态酒店的成功，又给傅平均一个很大的启发。跳出滕头发展生态经济，既能解决滕头村自身发展空间不足的问题，又能输出绿色理念，赢得经济效益。这是"连锁滕头"发展模式的源起。

随后，傅平均决定在宁波江北开设滕头生态酒店。在这之前，江北有一家"星期九农庄"，是台湾一家上市公司开的，只开了两年多就开不下去了。傅平均就跟这家公司谈合作。起初对方要求保留"星期九"几个字，叫"滕头星期九农庄"。傅平均不同意，说不能再出现"星期九"。他认为做企业，牌子倒了以后，就做不起来了。

谈了两年多，最后对方认为这个行业在宁波没有前途，傅平均于2013年底收购了这家公司的全部股份，投入1000万元，用半年时间把这家酒店改造为生态酒店。2014年6月，滕头生态酒店江北店开业，再次火爆。

2016年9月，滕头生态酒店慈溪店正式开业。这个"将整个植物园搬到了酒店里"的酒店，同样受到消费者的欢迎。

生态酒店坚持清洁生产，倡导绿色消费的经营理念，引来各方好评，先后获"国家五叶级绿色餐饮企业""国家五钻级餐饮企业""浙江省五星级餐饮企业""浙江省农业休闲观光示范园"等数十项荣誉。

"我要让人家知道，这个饭店物有所值。净利润率我控制在20%—22%之间。超过22%利润率，审计要进来；低于20%，审计也要进去。因为高于22%，说明价格高，那么客人会有想法。开饭店想提高利润率，必须靠上座率，靠翻台。我定下每个人的消费要在100元到130元之间，让一般人请得起客。10个人自带酒水的话，吃一餐在1000元到1300元之间。生态餐厅环境好，又吃得起，人家为什么不来呢？"

能体现傅平均的经营天赋的，还有这样一件事：

一次，分公司经理吕波强去奉化区有关部门联系工作时发现，政府机关的保密废纸处理，是一个"机遇"。他向傅平均做了汇报，引起了傅平均的重视。经过联系，傅平均捕捉到一个信息：宁波市政府要搞一个保密纸的销毁中心。

建一个销毁中心，会涉及征迁土地、建厂房、招聘事业编制的员工等一系列程序，算下来投入在3000万元左右。当时，宁波市委办公厅的一位领导认为，与其花这么多钱投资建厂，不如找一个政治素质过硬的集体企业合作，或者让对方来投资建设。

傅平均就找上门去，向负责这个项目的领导汇报说："这个我们来做吧，我不要3000万元，我只要三年的补助，每年100万元。"

这位领导告诉他："没这么多，给你50万元。"

傅平均想了想说："50万元就50万元吧。"

傅平均没有考虑去征地建厂房，这些都是重资产。他决定租赁厂房，但在软件设施、服务上必须达到政府的规范标准。后来，他花200万元在江口租下了符合条件的厂房，并在这个基础上成立了宁波滕头安全技术服务有限公司，把宁波所有机关、部门的保密纸、报纸都放到公司来处理，一年可以处理2000多吨。这样一来，不仅为政府部门减少了投资，减轻了负担，对滕头控股来说，也可以通过资源整合产生利润。

这个资源整合是怎么实现的呢？

保密纸处理本身，政府一年只补贴50万元，这对一个公司来说是笔小钱，傅平均却借这件事做起了循环经济。

把这些旧报纸、保密纸处理后，他用大卡车把处理过的废料卖到造纸厂。他跟造纸厂老板事先达成协议："我把这些废纸给你，我不要你的钱，只要你生产的原纸。"这样大卡车回程就不跑空趟，节约了物流成本。

带回来的原纸做什么用呢？傅平均看到，随着电子商务的普及，奉化的很多农产品在网上销售时，需要用大量的纸盒来包装。2015年，傅平均在奉化收购了一家纸板厂，改组为宁波滕头祥和纸业有限公司。

资源就是这样被傅平均整合起来的：安全技术服务公司把纸粉碎后，卖给造纸厂，返程时把造纸厂生产的原纸运到祥和纸业，这样运输成本就节省了一半。然后，祥和纸业将原纸加工成纸板，再给滕头集团下属的包装公司，这样就形成了一个循环经济。

现在，傅平均成了奉化区最大的"废纸王"。

"废弃的纸板没人要，全部卖给我，我处理后再卖给造纸厂，成本减少了，树木少砍了。现在做生意，都要双赢，甚至是多赢才行。"傅平均说。

不得不说，傅平均这账算得实在精明，难怪连傅企平也要自叹不如，说："年轻人的头脑比我好用。"

2016年，滕头祥和纸业的产值达到2.5亿元，成为中国循环经济产业会员单位。

看起来，傅平均想做的事情都成功了，事实上他也曾与一次致命的风险擦肩而过。那时，有人向滕头集团介绍了一个超导方面的高科技项目，集团考察后让控股公司参股2000万元。傅平均不敢投，只同意借款2000万元。后来该企业资不抵债，傅平均赶着在企业破产前把钱追讨了回来。

"如果是投资，这2000万元就泡汤了，这对起步时期的控股公司和我都会是致命的。"傅平均说。

从那以后，他就非常注意规避风险。在选择投资项目时，他选的都是有发展前景和绿色生态的环保产业。在他创业的 11 年时间里，滕头控股已发展成为拥有 20 多家企业的集团公司，产业体系涵盖了生态住宅、现代金融、清洁能源、新农村建设等领域，没有一个项目亏损倒闭。

看到傅平均和他的滕头控股越来越成熟，滕头集团对控股公司的支持力度也越来越大，而傅企平也开始考虑让傅平均尽早接手。

3 | 滕头傅氏溯源

你已经注意到了，滕头人多姓傅。滕头村的三任党委书记都姓傅。这三任书记性情各有特点，内在的精神和气质却非常相似，比如爱学习，能吃苦，甘于奉献，面对复杂的环境能保持清醒的头脑，具有敏锐的判断力，等等。

因此，很多人在关注滕头现象的同时，会对这样一些问题产生追索的兴趣：为什么滕头人以傅姓为主？为什么滕头这个小村，能够创造出这样一个"乡村神话"和"世界奇迹"？滕头人有什么来历？

滕头是地名，追寻傅姓从哪里来，才能看见傅氏的先祖。

据有关史料记载，傅氏是一个多民族、多源流的古老姓氏群体，在当今中国姓氏排行榜上名列第五十三位。傅姓起源不同的说法，反映的正是其有不同的源流这个事实。滕头傅姓属于哪一支呢？

前文讲过，滕头村古老的宗祠匾上写有"殷别遗宗"四字，讲的就是殷商时的傅说，《尚书》《国语》《孟子》《庄子》《史记·殷本纪》等古籍都有关于他的记载，是圣王举贤不择贵贱的典范故事之一。古籍大抵说他原本无姓，唯名"说"，在一个叫傅岩的地方服劳役，殷帝武丁发现他善用夹板夯土筑城墙，起用他，赐姓傅。傅说成为殷商时期的著名贤臣，孔子评价傅说"见德之有报"，庄子也对他极为推崇。傅说的后裔子孙以傅说为始祖，世代相传至今，滕头傅氏就是这一支。以此推算，滕头傅姓已有3200多年的历史。这先祖的故事激励着世世代代傅姓子孙，所以直到二十一世纪，滕头还保存着那块写有"殷别遗宗"的匾。

那么滕头这个地名跟傅姓有何关联？

采访中，在滕头村听到一种通俗的说法："滕头傅姓是从山东滕州迁过来的，走到这里后感觉走到头了，不想走了，所以叫滕头。"

傅姓族人珍藏的《古沛傅氏族谱》里录有《傅氏创修族谱世系总图》。该总图中说到傅氏后代因"俱避水东徙"，由古沛（今山东滕州西南微山湖一带）分别迁到今山东邹城、费县、滕州、枣庄，还有的迁到今江苏铜山、邳州。这族谱中还讲傅氏子弟"有以戎行从军南征，而家于浙江处州、绍兴等处者"。从中可知，傅姓先人有从山东微山湖一带因避水灾迁徙到滕县的，浙江滕头村傅姓族人口口相传的家族记忆就称自己的祖宗来自滕县。

傅姓族人对滕县也念念不忘。这滕县的历史确实也辉煌。

滕县在春秋战国时为滕国，滕文公因采纳孟子建议的"善国之治"而"行仁政""施善教"，声名大振。所谓"善国之治"，《大学》有"止于至善"之说，善就是最高的智慧。滕国人才辈出。墨子、鲁班、孟尝君、毛遂都是滕国人。最早的"滕王阁"就建于滕州，由唐太宗李世民之弟李元婴创建，后李元婴调任江南洪州，才重修了王勃作《滕王阁序》

的那个滕王阁。历史上的这些中华文化印记都值得滕头村民从中获取精神财富。

傅姓什么时候迁来浙江奉化的呢？

据明万历元年（1573）奉化《傅氏宗谱序》载："余之始迁祖百四府君，世居姑苏之阊门。当宋室南渡时来游四明，悦奉化铜山丽秀，水陆两便，而郡邑不遐迩，遂定厥家。"又载"遂目其地为傅家岙"。

这段文字里的阊门是苏州古城八门之一，位于城西北。四明是宁波的别称。联系起来看，约略可知，奉化傅氏先人曾经从滕县迁到江苏苏州。最早迁来奉化的始祖是傅百四，在宋室南渡的时候来到宁波，见奉化铜山丽秀，水陆交通都方便，距离城市不远不近，于是在此定居，具体落脚在傅家岙。宋室南渡，发生在两宋交替之际的1127年，按此推算，傅姓到奉化傅家岙定居，距今已近900年。

滕头村的傅姓从哪里来呢？

在滕头村民的口头传说中，滕头傅姓来自相距一里地的傅家岙。在南宋以来的傅氏宗谱中，今天被称为滕头的这个地方，过去并不叫滕头，而是叫"墩山"或"墩头"。《墩山傅氏支谱》的序言中记载"宗绪公赘居墩头"。这是说有个名叫宗绪的傅氏祖宗入赘到墩头。

在滕头傅姓的宗族记忆中，明朝时傅家岙的傅宗绪到墩头村周姓大户人家做长工，因勤劳能干而被周家收为入赘女婿。从族谱上看，傅宗绪是从苏州迁到傅家岙定居的傅氏始祖的第十世孙。因在滕头繁衍后代，他被滕头傅姓人尊为"傅氏太公"。这太公有五个儿子，第一个姓周，其余姓傅，发展下来就是今滕头村的傅姓人。傅氏太公勤劳能干，成家兴族兴村的传说，对滕头村人一直起着激励作用。

虽然在清光绪《奉化县志·乡都》中已出现"滕头"之名，但在傅氏宗谱里，傅宗绪及后人居住的这个村庄一直被称为"墩头"或"墩山"，到二十世纪五十年代农业合作化时期还叫墩山农业合作社。《墩山傅氏支谱》就是滕头村傅氏的族谱。到傅嘉良时期，墩山村被正式改称为滕头村。

改称滕头，是铭记他们与北方滕县的渊源。在傅嘉良时代，把这个形容有许多乱坟冈子的"墩山"地名，改为具有历史文化内涵的"滕头"，这大约也标志着新中国重建山河的时期，这个村庄新时代的开始。

4 | 新书记的"管理经"

傅平均不仅赚钱有一套,管理也有真招。

在我们采访傅平均的当天晚上,没有一个电话打进来。相比傅企平一天几乎有14个小时在安排和处理工作上的事,傅平均显得很笃定。他的管理思路和方式,都和培养他多年的傅企平有很大不同。

"我曾经跟我下面公司的老总们说,你们不要老说'我忙死了'。我们还定了个协议,如果晚上谁有电话,就罚谁的款,因为这说明你白天的工作没有做好。"

华为总裁任正非有句话堪称"管理金句"——"砍掉高层的手和脚"。什么意思呢?任正非认为,砍掉高层的手和脚,是为了让他们只留下脑袋用来仰望星空、洞察市场、规划战略、运筹帷幄。高层领导不能习惯性地一头扎进事务性的工作中,关键是要指挥好团队作战,而不是自己卷起裤脚埋头苦干。

的确,在很多企业里存在这样一种现象——总经理做着部门总监的事,总监做着员工的事,而员工在谈论国家大事。

这些前沿的思路和方法被傅平均充分吸收。他认为在创业的基础阶段必须面面俱到，最初都是他一个人下去了解情况；当企业发展到相对成熟的阶段后，就必须"砍掉高层的手和脚"。

除了抓高层管理人员，他还注重发挥中层的作用，提出"越级可以举报，但不要汇报"。

"如果员工都直接找我汇报，要中层干什么？凡事都自己去干，是做不大的。"傅平均说。

同时，他也用制度约束自己的"权力"。决定投资一个项目时，需要90%以上的人同意；但是不投资的话，他有一票否决权。

"我要投一个项目时，如果别人都不同意，那么我想做也没有用。这样可以从制度上规避可能带来风险的项目。"傅平均说。

在管理中，傅平均在三方面控制得特别严格。

一是必须保证集体资产的保值增值，集体占股要达到51%或以上，以掌握主导权。滕头控股下面的公司，集体股份都在51%以上。2018年新成立了由交通投资、水利投资、城市投资、新农业投资、滕头投资五个公司合作而成的滕兴公司，注册资金5亿元，集体占了67%的股份。

二是注重风险防控，尤其要把总部层次的风险降到最低。"这道理就像一只蟹，蟹有八腿二螯，一两只脚断掉，照样能活会爬，但蟹盖头没有了，这只蟹就死掉了，我们控股公司就是这只蟹盖头。"傅平均说。

三是下属公司的财务、审计、法务三权要由控股公司绝对掌控。控股公司的30家企业，财务人员都由控股公司委派，老总由傅平均来委任；控股公司可以直接审计下属企业，下属公司所有对外的文本都要由法务部统一起草。

5 | 新时代的"滕头速度"

如果说,傅氏先人聪明能干、勤奋自强的人文品质深远地影响了崇尚耕读传统的滕头农民,我们还不能忽略宁波人文精神对他们的滋养。

宁波,简称甬。宁波为什么称甬?几乎所有的介绍都说"因境内有甬江而得名",其实不然。

深究之,早在周朝,此地尚无甬江之名就称甬了。甬,是古代大钟的一个象形字。宁波更早的时候也不称甬,夏代此地称鄞。"鄞"字因其古老而独特,保留至今,它是宁波市的一个区。在鄞与奉化两地的县境上,山的峰峦像周代的覆钟,周人就称之为甬山。甬地、甬江之名都源于甬山。

周代这方土地的人们何以会把那山的峰峦看得像大钟?因当时的大钟,是青铜制造业发达的产物。青铜大钟,更为圣物。周人称之为甬,这是此地已成为青铜器之生产力发达地区的文化印记。这是宁波人上达周代的辉煌,三千年来始终保留着这个祖先传下来的名字,是很有意义的。

到近代，以黄宗羲为代表的浙东学派，不守门户之见、博纳兼容的创新精神和经世致用的思想，对今天宁波人文精神的形成产生了重要影响。

前面我们提到，甬商是宁波的一张名片。甬商是一个特别的群体。和一般意义上的商人不同的是，甬商身上既有经商所需要的精明能干，又不失书生的道德操守。"本之以道德，立之以诚信，持之以勤俭，报之以国家。通江达海，遍赢天下。"这段话可以说是甬商立言为镜以照自身的精神追求。

1843年，清政府代表耆英与英国政府代表璞鼎查在虎门订立《中英五口通商章程》，宁波成为五口通商对外开放的城市之一，由此趁那波连四海的商潮，颠沛奔波出了一批具有世界眼光的近代商人，正所谓"通江达海，遍赢天下"。

我们不免想，滕头原本是奉化又穷又小的一个村，几任村书记都能具有世界眼光，为滕头争得一个又一个世界级荣誉，这些都离不开宁波人文环境对他们的影响。

再说萧王庙的种种传说，肯定不止激励了傅嘉良这一代人。傅企平和傅平均的为民思想，除了坚守老书记时代形成的"一犁耕到头"精神，也有萧世显身上那上承千秋的民本思想对他们的照耀。

之前我们也提到，滕头的立体农业中就有"红帮裁缝"那力求精致的文化精神对他们的影响，以至他们把"绣花功夫"做到田地里去。"红帮文化"对滕头人的直接影响，则是他们利用这一文化传统办服装厂，将它打造成为滕头改革开放发展工业时代的先锋企业。

对傅平均来说,傅嘉良坚定不移的政治信念、艰苦奋斗的工作作风、坚忍不拔的超强意志,以及傅企平善于学习、刻苦钻研、无私奉献的工作作风,犹如直接放在他面前的两座高山,他能在这个时代创造新的辉煌吗?

回顾往事,我们看到,傅嘉良把掌管滕头村庄的权力交给傅企平时,交得那么彻底,一下就把滕头村党委书记、滕头集团董事长、滕头集团总裁三职完全交给了傅企平。于是,傅企平迅速长成了大树。

也许是傅企平这棵大树太大了,以至人们忽略了那些正在努力生长的年轻人。遇到任何难事,大家都觉得"有企平书记在",没问题。当这棵大树生病后,人们才恍然发现,那些被他们忽略的"小草",正快速成长为一棵棵朝气蓬勃的树木。

奉化区委书记高孟浩告诉我们,傅平均接手后的一年时间里,滕头发生了很大变化,各个项目的进展都出乎预料的快。生态酒店奉化旗舰店、村史馆、世博馆、农创园……这些项目都在一年内完成。其中,生态酒店旗舰店建成用了不到半年时间,农创园建成用了不到150天时间。

一次,高孟浩在滕头调研工作时问傅平均:"怎么能这么快?一定要保证质量啊!"

傅平均微笑着回答:"质量保证没问题!"

傅平均过去抓的每个项目,几乎都是以快取胜。他一直信奉缩短工期就是减少风险,快速推进就能创造利润的理念。北仑的生态酒店也只用了6个月时间就建成。祥和纸业,2015年产值2000万元,2017年底产值就飞升到了2.3亿元。别的企业工作时间是每天8小时,他则要求分班,24小时连轴转,把工人的工资涨上去。这样一来,财务成本、折旧成本都降低了，产值和利润都大幅度上去了。

听到一些企业家抱怨现在"经济形势不好""经济下行压力持续加大"，生意不好做，傅平均不以为然。在他看来，越是大家都说形势不好的时候，越是最好的时候。

让我们看看傅平均2018年上半年提交的成绩单：2018年1月到6月，滕头集团利润增长42%，预计全年利润增长50%。

傅平均说他一般不看产值，只看重两个指标：一是税收，这是对国家的贡献；二是利润，这是对集体的贡献。

"这两个指标才是实打实的。"他说。

生态酒店、滕头精品宾馆以及农创园等项目，其实是傅平均为滕头旅游产业的转型而打造的。

傅平均深知，作为全国最早卖门票的村庄之一，又是最早获批国家AAAAA级旅游景区的村庄，滕头在旅游的"观光时代"曾一度领先。但是，在"休闲度假旅游时代"到来时，滕头却落后了。傅平均决心要改变这个落后，不然就浪费了这块来之不易的AAAAA级牌子。

傅平均提出的第一个目标，是要在2019年取消门票。

"取消门票会更有人气和名气，有人气和名气才能带来财气。但是这三个气，首先都得有好空气。所以我们要实现生态经济化和经济生态化的相互转化。"傅平均说。

为此，傅平均在傅企平的"区域党建联合体"的基础上组建"区域经济联合体"，联合周边村落合力打造全域旅游，实现"田园变成公园，乡村变成景区，民居变成民宿，农产品变成旅游产品"的目标，并以此带动周边的乡村共同致富。

2018年春,滕头的田园观光小火车正式运行。他们用小火车将滕头村与塘湾村、傅家岙村等7个村串联贯通,形成了16.7平方公里的发展空间,在打造经济联合体的同时,进一步驱动滕头旅游的发展。傅平均的目标是,要让滕头"一年一个样,三年大变样"。

"只要一门心思做,就会离成功越来越近。"傅平均对此充满信心。

6 | 这个时代要讲共享

如果说工业时代发展经济的特点是市场竞争,信息时代的特点则是资源共享。

是的,这是一个讲求资源共享的时代。将纸板厂做成循环经济时,傅平均就明白,所有竞争的结果都会有失败的一方,甚至多方都不是赢家,只有共享才能实现共赢。事实上,滕头控股就是一个共享时代的产物。

如何将农业发展与信息化时代进行有效对接,把农民带动起来,这也是傅平均一直在思考的事。

奉化芋艿头是宁波的知名特产。"走过三关六码头,吃过奉化芋艿头。"沪杭甬一带的这句民谚,常常用来形容人见多识广。早在二十世纪三十年代,奉化芋艿头就以个大、皮薄、肉糯、味鲜而闻名中外。1996年,奉化被国务院发展研究中心、中国农学会和《中国特产报》联合命名为"中国芋艿头之乡"。

长期以来,农户们都是分散种分散卖,你降一点我降一点,这种"降价竞争"往往导致增产不增收。傅平均决定对农户实行统一收购。过去芋艿头的市场价是5元一斤，傅平均给他们15元一斤，让农民挣钱。收购的芋艿头除了供应几家生态酒店，他还跟网易CEO丁磊创办的一个电子商务平台合作，帮助农户销售。

"丁磊有平台，但是他不懂农产品，我懂，能帮他提供优质的货源。这样就可以把奉化的农产品做到利润最大化，实现三方共赢。"傅平均说。

在傅平均的带动下，滕头村很多农户都参与到村里的生态旅游项目中来。比如过去有养鸡技术的，傅平均就创造条件，把鸡蛋作为特色旅游商品，让鸡蛋的附加值大幅增加。村民傅云海就因此尝到了甜头。傅云海的养鸡场打出生态养殖的牌子后，很多顾客上门购买，不愁销路。

还有一些村民原先种了不少黄花梨和草莓，傅平均便推出采摘游，把种植业跟观光休闲农业结合起来，既解决了农产品的销路难题，又丰富了滕头村的旅游内容，同样起到了一举两得的效果。

傅平均正在打造的农创园，也充分体现共享共赢的特点。因为滕头的环境好，浙江中医药大学等四所大学搬到了滕头周边。傅平均就想到要在滕头打造农创园，不仅可以服务几所大学，还可以成为让游客留下来消费的旅游项目。这样，即使是在旅游淡季，仅凭附近的几所大学也可以撑起农创园的人气。

农创园，顾名思义，就是农民创业的园地。

傅平均要在这里打造1200个摊位、100家民宿，让游客到滕头后有吃的，有看的，还有住的。为此，他多次率队到西安的袁家村等地学习考察。

最开始，有人提出用招商的方式让商户入驻。傅平均对他们说："你们这样的思路不行，要变招商为选商。要做就做奉化一流，甚至是宁波一流。比如做包子，要在 50 户人家中进行评选，谁做得最好，就选谁。做汤圆、牛肉等等，都只选一家，要做得最好的。选定商户后，给他们免费装修，不收取房租。半年以后，等效益好了再分成。做不好，你就退出，让做得好的人来做。"

"所有合作，都要让人家有钱赚，你才能赚钱。所以你要创造条件让别人挣钱。"傅平均说。

7 | 傅志存的忧虑

还记得那个靠手推车卖服装起家的傅志存吗?

在二十世纪滕头村的"造厂"阶段,傅志存经营的滕头服装厂,曾是滕头工业发展的先锋队。多年来,他创办的爱伊美公司一直在为滕头的经济发展做贡献。

二十世纪八十年代,滕头服装厂是滕头村经济的支柱企业。当时滕头统一建造村民新居,村集体没多少钱,又贷不到款,就是靠服装厂这个银行信任的平台贷的款。服装厂每年贷款来的钱都是直接划到村里,再用当年的利润来还贷,还贷后再向银行贷,如此循环往复。

1992年至1993年,滕头村也上了不少企业,有的企业背了债,村集体不能马上消化这些债务。那时候爱伊美发展得最好,名气很大,便成了滕头的融资平台,为滕头的发展做出了不可或缺的贡献。

曾在爱伊美实习过半年的沈静波,对爱伊美有着很深的感情。他说:"爱伊美曾经是集团公司内规模最大、效益最好、最正规的企业,财务也最规范。我正式做财务工作,是从在爱伊美实习的半年开始的。滕头集团好多企业的财务人员都在爱伊美实习、培训过。对滕头的很多企业来说，它就好像是黄埔军校。"

有人曾把爱伊美比作从鸡棚里飞出的"金凤凰"。其实，爱伊美的发展历程也是起起落落。

在二十世纪八十年代中期，服装厂已更名为"爱伊美西服有限公司"，产品主打西服。当时计划经济还没有取消，服装厂主要通过上海服装公司做内销，通过一级批发、二级批发的方式销售，一件中山装售价只有七八十元，西装在一百元左右，但销路很广，每年内销能做到三四千万元。

爱伊美服装的销路好，是因为公司一直非常重视质量管理和售后服务。曾有这么一件事：一位身材高大的郑州大汉，买了套"爱伊美"牌西服，上衣十分合身，但裤子不够长。于是叫人量了尺寸，写信来要求替他另做一条。傅志存凭着大生意要做好、小生意也要一丝不苟的原则，做好后邮寄给他。郑州顾客非常满意，穿了这套西服，到处说，"爱伊美"牌西服用料精选，工艺考究，衣形挺括，而且落水洗涤也不变形。正因为顾客口口相传，这个厂的信誉令人佩服！

1986年是奉化西服业的转折点。之前，"西装革履"的洋派服装风靡一时，西服厂门口车水马龙，每天都有"近水楼台"的人前来量身置衣。在这种情况下，江浙一带很多城镇企业都开始做西服，作为"红帮裁缝"发源地的奉化，西服厂更是遍及城乡，国营、集体、私人西服厂遍地开花，其分布之广、为数之多，前所未有，高峰时达四百多家。

但是，随着国内市场渐趋饱和，很多西服厂出现了产品滞销的现象，一些粗制滥造的厂家不得不赔本销售。

在这种情况下，爱伊美的西服销售也出现了滑坡。傅志存回忆，爱伊美的西装销售是被杉杉打败的。当时爱伊美是手工缝制，杉杉从1986年、1987年左右开始用粘合衬，设备新，效率高，做出来的衣服又挺括。1989年，杉杉又成功打出了"杉杉西服，不要太潇洒"的广告语，可谓深入人心。那之前，爱伊美在上海一家百货公司的柜台一年能销售两三百万元，但"不要太潇洒"在隔壁一放，他们的产品就销不动了。

内销失利后，爱伊美及时调整战略，从二十世纪九十年代初开始转向外销，拓展了美国和欧洲市场。

"当时，我明白自己必须要有一个主导产品，而羊绒被誉为软黄金，价值、利润高，就决定走这条路。当时在奉化，我们还不是最早做羊绒大衣的，老K、金海乐都在我们之前做了。当时，外贸部门的有关领导、业务人员怀疑地问我：这东西非常难做，你做得好吗？我说：只要想做，还有做不好的东西吗？他们看到我介大决心，就开始支持我。那段时间，我全日全夜扑在厂里，从打样开始，全身心去做。到最后，羊绒大衣的客户基本集中到我们公司，实现了后来居上。"傅志存回忆。

1991年，爱伊美开始做他们的新产品——羊绒大衣，主要销往日本。后来，羊绒大衣、羊绒服饰就成了爱伊美的主打产品，刚开始通过省畜产进出口公司出口，后来又增加了自营直接出口这条渠道。再后来又兼并了国营奉化毛纺厂，于是从羊绒服装制作转向羊绒面料生产和羊绒服装生产并举的道路。

宁波是服装之乡。与爱伊美几乎同时期成长起来的品牌企业，有雅戈尔、杉杉、罗蒙等。但是，进入二十一世纪以来，国内服装业发展渐渐趋于平稳。很多大品牌,如雅戈尔、杉杉、罗蒙等,他们的服装产业在整个集团经营中占比越来越小,纷纷向房地产、科技、金融等方向转型。

尽管爱伊美集团后来也开始涉足金融服务(如小额贷款公司)、酒店、电气等领域,但始终把服装作为主业。这大概是因为傅志存对服装业有着独特感情。

但是,我们在采访中了解到,这个见证了滕头村四十多年发展变迁,并为滕头带来很多荣耀和风光的服装企业,正面临着又一次空前挑战。

傅志存告诉我们,爱伊美服装厂最多时有四千多名员工,现在只有一千多人。之前集团投资的爱伊美酒店、爱伊美电器等企业,基本已承包出去。

"服装是我本行,所以没有承包出去。现在服装业竞争厉害,我也在思考,三年以后怎么办?因为我们现在的设备,要求工人做得很快,现有这些工人已经习惯了这种生产方式,但新来的工人跟不上。如果这些老工人都退休了,新的工人进来做不了,这就是一个问题。"傅志存说。

现在,傅志存考虑要把技术难度降到最低,让新招的人进来就会做,这样就要投资新的机械设备和模板,而这是一笔不小的投资。

没想到,在商海打拼了四十多年的傅志存,是如此坦率和真诚。我们想说而又没说出的是:爱伊美面临的并不只是新旧工人如何接续的问题,而是传统产业如何与这样一个资源共享的经济时代有效对接的问题。傅志存是从工业时代走过来的经营者,工业时代以竞争取胜的经营理念和方式在他身上留下了深刻的烙印。面对信息化时代的到来,他和爱伊美都必然面临一次更为艰难的转型。

我们衷心地希望,爱伊美能够走出困境,重塑辉煌。

8 | 老年人更有福了

2018年,66岁的傅央改正式退休了。但是,退休后他不仅没有闲下来,反而比过去更忙了,因为他担任了一个重要职务——滕头村老年协会会长。

1952年出生的傅央改只读过两年书,10岁放牛,13岁就开始种田。前面说过改土造田时他最重挑过405斤的担子。因为力气大,能吃苦,傅央改20岁就当了生产队队长。当时滕头有四个生产队加一个科技队。1982年,傅央改当上了民兵连连长,分管民兵。后来滕头发展土地规模经营,村里成立了科技队(当时有五场一队),奉化分来了一个叫傅孝滕的农技员任科技队队长,傅央改是副队长。科技队的任务是负责病虫害防治、种试验田、选种育种、示范推广等。

"为什么要种试验田?农民要看得见,让农民对比,才能推广。"傅央改说,"没有集体,就没有试验田。那时候我们亩产超吨粮,就是这么搞试验田推广出来的。"

1986年,老书记傅嘉良让傅央改去当羽绒厂副厂长。几年后,他又到皮革厂当了副厂长。1995年,滕头办了驾驶学校,傅央改任副校长。后来,他自己办了家汽车修理厂,办了三年,又到服装厂当了三年副厂长。退休前,傅央改的职务是滕头旅游公司副总经理。

"这些年,除了这个老年协会会长是正的,其他都是副的。"傅央改笑着说自己退休后总算可以做点"正"事了。

老年协会的工作就是为老年人服务。事实上,滕头村老年协会已成立30年了。傅央改刚到老年协会的时候会员是150人,现在已有270人。

"老龄化时代到来了,现在滕头本村60岁以上的人口已有246人。"傅央改说。

如何让老年人的生活更加丰富多彩?如何将零打碎敲的福利补贴变为制度化的养老保障?2018年7月,滕头村党委决定成立老年基金会。经过商议,由滕头控股、爱伊美、滕头园林三家企业各出资300万元,作为基金的发起者,基金主要用于滕头村发放高龄补贴、医疗保障,以及文体生活和老年协会的开支等。

这下,滕头村的老年人更有福了。

募集和管理基金的任务有很大一部分落在傅央改身上。傅央改忙前忙后的劲头像是回到了退休前。

刚开始他觉得压力很大,没想到这个倡议得到了大家的热烈响应,在不到三个月的时间里,就募集到1300万元的基金。除了三家发起公司,很多企业和个人纷纷慷慨解囊。

一个做零部件生意的老板个人捐了20万元。"尽管今年工厂的生意不太好,但每个人都有年老的时候,我爸爸也是老年人。每年我也会给老年人发些年货福利什么的,帮助他们就是帮助我们自己。"

村委委员傅海丰不仅不在村里拿一分钱工资,还要自己贴钱请人打理公司。这次他也率先捐出 20 万元给基金会。

经过几个月的谋划和筹备,在重阳节当天,滕头常青老年基金会正式成立。这是浙江省首个农村养老基金,滕头又一次走在了前列。

为什么滕头村新一届的党委班子能有这样的号召力和凝聚力,能够一呼百应?

傅央改认为,这是滕头过去打下来的精神基础。从二十世纪农业合作化时期一路走来,傅央改深切感受到,如果滕头人不是靠集体的力量,不可能创造出今天的幸福生活。滕头人在教育、医疗、住房和养老上的投入,都必须有集体经济的发展作为支撑。像成立老年基金会这样的事,更是只有在集体经济发达的乡村才能办到。

9 | 新一代青年遇到的挑战

傅平均上任后的一系列动作,让滕头人进一步看到了他在经营和管理方面的天赋与能力。

没错,傅平均会挣钱。但一开始滕头人曾不无担忧地想:这个属牛的年轻人,会是一头继续拉着集体这张犁,一犁耕到头的牛吗?他是滕头的党委书记,是管党政管经济的一把手,要是他说我们现在要变一变,怎么办呢?

毕竟,傅平均处在这样一个思想更加多元、社会环境更为复杂的时代,他的"集体观"还会和前两任书记一样吗?

我们知道,滕头人的自豪感,缘于有集体这个后盾。他们的收入待遇和各种福利之所以为周边的农民所羡慕,也是因为他们享受了集体主义的"红利"。他们所称的"享福",归根结底是享了集体的福。那么,傅平均"上台"后,村民的各种福利还能保障吗?集体主义的性质会被慢慢弱化或改变吗?

其实,在发起成立滕头老年基金会一事上,傅平均已经做出了回答。

"党的领导和集体主义是滕头的'传家宝',我们始终会牢牢掌握不动摇。一个人的脑子是有限的,必须发动全体村民全体员工把滕头当成自己的家。不走集体化道路,是永远走不好的。"傅平均说。

因此,他在经营管理中把"集体资产必须要保值增值"作为第一原则。滕头控股集团下面的各分公司,集体经济都要占51%以上,从而保证集体的控股权。

"亏了算我的,赚了归集体。"这是他创办滕头投资公司之初就跟傅企平做出的承诺。

我们知道,新一届的滕头党委班子比较年轻。在整个浙江省,民营经济占比高达65%。身处一个由个体和私营经济环绕的"包围圈"中,他们是怎样坚守集体主义的呢?守得住吗?

曾任滕头总会计师的沈静波现在是滕头集团副总裁,他告诉我们,集团总部规定,凡是肯定能挣钱并具有垄断性质的企业,都是百分之百归集体。比如旅游,因为滕头村本身就是景区,景在村中,那就百分之百属于集体。

控股集团的母公司,也就是滕头集团,也是集体的。控股集团下面的分公司,集体经济占比都不少于51%,经营者团队、决策者团队占比都在49%或以下。

为保证集体资产保值增值,分公司的财务人员、审计人员全部由集团总部委派。分公司的总裁,他们既是职业经理人,在年终分红的时候也是股东。

"这样具备灵活性,既保证他们有个体的积极性,又能保持他们的集体主义观念。我们认为在保证集体所有制性质的情况下,这种形式比较科学,有可操作性。"沈静波说。

但是,针对一个人同时兼几个公司老总的情况,集团的规定是"兼职不兼薪",只能拿一份工资。而且从 2018 年开始,集团总部不再为这些管理团队设年终奖金,做好了,有分红,做不好,什么都没有。

这对于兼职几家子公司的老总来说,就成了"职责增加而报酬不增"。沈静波作为集团副总裁,每年的收入是 30 万元左右,这在江浙一带绩效很好的公司中算低的了。

控股集团下面的民间投资管理公司、环保公司、贸易公司等,允许经营团队和公司决策者出资入股,等到公司运转有利润以后,他们可以按投资比例分红。但是,对于那些肯定能挣钱的行业或企业,则不让个人或团队入股,这些都是百分之百归集体所有。经营者个人或经营团队,只能入股那些有风险的、日常经营性的公司,并且出资入股不能超过 49%。

"入股后,必须是经过你的努力,能够给集体带来利润,你才能分红。"沈静波说。

这种制度的好处,是保证了个人必须与集体同进退、共患难。对经营者来说,只有全力以赴把事情做好,集体才会好;如果集体不好了,那么个人也不会好。通过这种方式,把经营者的个人利益和集体利益牢牢捆绑在一起。

我们能感觉到,沈静波、袁坤、吕波强这些人留在滕头,肯定不是出于利益的考量,而是因为一种在滕头工作的荣誉感和价值感,其中包括一种真正意义上的创业带给自己的挑战——这个创业,不是创办单纯的产业,而是创造一种集体与个人共同发展的事业。这一点,在滕头以外的很多公司是没有的。

那么，集体主义是个什么东西？

是不是今天中国的一代又一代人都要面对这个东西呢？

滕头这些年轻人的大学同学走出校门后，大部分看来是不要这个东西的，而且心里早就没有这个东西了。他们在外企或者私企谋职，知道集体和团队是两个东西，他们觉得团队是现代的，集体是过时的、落后的，如果现在还说什么"集体主义"，那是可笑的。"谁还在这个时代讲'集体主义'啊！"

滕头这些年轻人不同。尽管大学教授们，特别是经济学家们，大部分口口声声只讲"团队"，不讲"集体"了，但他们大学毕业来到滕头，傅企平书记的集体主义，传说中的傅嘉良书记的集体主义，都那么令人感动，令人敬佩。可以说，集体主义像太阳那样照耀着每一个滕头人——并不只是照耀着今天已经没有劳动能力的每一个老人，也分明照耀着他们这些从前对滕头并无贡献，空手来到滕头工作的年轻人。

不是吗？你只要被滕头录用，来到滕头，户口迁入滕头，你就每月有福利，你就可以去拿钥匙领房子。一套房子今天值多少钱，你懂的。这不是希腊神话，不是阿拉伯神话，也不是美国、日本神话。

同学聚会，你清清楚楚地看到，那些头脑里已经没有集体主义，甚至嘲笑集体主义的同学，无论他们在哪儿工作，他们的经济待遇、生活环境都没有比你在滕头获得的多。

集体主义到底是个什么东西？这几乎是滕头这些年轻人大学毕业后来到滕头才重新上的一课。由于滕头之外乃至全世界，大部分是不讲集体主义的世界，滕头的世界是如此不同。如果滕头这个世界不好，他们也就弃之而投奔外企或者去他们看来不错的别的什么地方了。

毕竟他们年轻，有学历、有才华，这个竞争的世界似乎就是为他们这些有竞争力的青年才俊准备的。

可是，滕头这个集体，偏偏很好，好到你像生活在神话之中。傅嘉良那一代人干得很艰苦，傅企平那一代人也干得很辛苦。傅平均说，你要是晚上给我打电话讲工作，就说明你白天工作有问题，或者你思路有问题。傅平均的工作效率并不比前辈差。

那么，集体与个人，公有与私有，如何共同发展？所有人，如何共同致富？这是不是一份值得探索的事业呢？

如果你去认真研究为什么傅平均会那么不折不扣地继承企平书记的集体主义，企平书记又那么不折不扣地继承傅嘉良老书记的集体主义……再往前溯，你会看到——集体与个人、生产与分配的关系，其实傅嘉良书记在认真学习党中央一次次修订颁发的"农业六十条"时，就认真研究过。

那一次次修订，都体现着实事求是的精神，体现着对每一个"个人"的关怀，而集体主义、共同致富，则是保障"个人利益"最可靠的根本，绝不能背弃。

再看一眼傅嘉良90岁生日时，村里人要给他做寿，他不仅拒绝了，还捐出62万元给村集体。为什么呢？我们想，傅嘉良书记也是在以这样的形式告诉后人，把集体事业视同自己的生命，视为自己的信仰，这样的人是有的。如果背弃了集体主义，就会有人重新过上像傅嘉良童年时代那样上无片瓦、下无寸土，孤独无助的苦难日子。

集体与个人，公有与私有，如何共同发展？所有人，如何共同致富？

这个课题仍需要傅平均和比他更年轻的滕头青年们去思索、去实践。这似乎是责无旁贷的。滕头的明天会更好吗？在这个新时代，需要这些有才华有激情的年轻人用自己这一代人的奋斗去给出答案。

第四章

乡村振兴的"中国样板"

  2018年9月21日,中共中央政治局专门就实施乡村振兴战略进行第八次集体学习。习近平总书记在主持学习时强调,不管工业化、城镇化进展到哪一步,城乡将长期共生并存。要让农业成为有奔头的产业,让农民成为有吸引力的职业,让农村成为安居乐业的家园。滕头村是很好的实践者。我们需要去探究的,不是滕头有多少成就,而是滕头为什么能成为滕头。唯此,才能为我国乡村振兴提供启示和可复制的经验。

1 | 始终坚持集体主义道路

好吧，现在换一种叙述，探讨滕头对中国乡村的意义。

滕头故事让我们看到了中国农民建设家乡的巨大潜力，这是激动人心的。这也是我们采访这个村庄，去倾力求索，向它学习的原因。

新中国成立以来的滕头发展史，如果从生产力发展的角度来划分，可以分为农业时代、工业时代、信息时代，如果从社会经济发展的角度来划分，可以分为社会主义建设时期、改革开放时期、新时代。

无论哪种划分，无论处于哪个阶段，滕头村有一点是不变的，那就是始终坚持走集体主义道路。

关于"集体主义"，人们有不同的看法，这是一个悠久的话题。在新中国建立农村土地集体所有制后，至今还有不少人把"集体主义"跟"大锅饭"联系起来，认为"大锅饭必然养懒汉"，集体主义必然限制生产力的发展。

但是你看到了，滕头村在大集体的时代，就是有名的"做煞大队"，十五年改土造田，年年正月初四就去干活。"男赛赵子龙，女赛穆桂英"，人人都奋力于改造自己贫困的家乡。傅嘉良书记斩钉截铁地说:"滕头没有懒汉!"那是集体的意志、集体的力量,成就了重建家园的壮举。

改革开放以来,对于家庭联产承包责任制,滕头的领导人始终认为土地承包到户并不是鼓励分田单干和私有化,而应该是集体所有制下的一种责任制形式。因此,他们坚持了宜统则统、宜分则分的原则,通过发展适度规模经营的方式,做到集体积累和大中型农机具由村统一管理,社会化服务由村里统一提供,既发挥了集体经济的优越性,又调动了家庭规模经营的积极性。

正是有了村集体的粮食生产和多种经营积累的资金,特别是有集体土地作为起步资本,才有了滕头乡村企业的兴起。

因为企业是村集体的,集体企业发展之后就有不可推卸的责任来"反哺"农业。因为坚持了土地集体所有制,依靠集体经济的力量,他们才能把土地当成"作品"来精耕细作,发展立体农业和生态农业,为滕头奠定生态发展的基础。

这是前所未有的信息时代,海量信息扑面而来。信息就是资源,这是一个通过资源共享去开发产品、创造互利共赢的时代。单打独斗的生产经营方式在这个新时代必然遭遇更加严峻的挑战。滕头村因有集体的凝聚力、融合力,才能实现各种资源的整合与共享,做到了滕头"没有暴发户,没有贫困户,家家都是富裕户"。

因为始终坚持集体经济为主体的性质,滕头村从互助组、合作化到人民公社,到市场经济下的企业转制,再到今天的新时代,滕头人只是将合作方式不断发生变化,从来没有出现将集体资产分光吃净和放弃合作的状况。滕头人用了近七十年时间坚定不移地跟着共产党走向社会主义,并坚持社会主义的实践,证明了一点——是集体,而且只有集体,才创造了滕头发展的"乡村神话"。

滕头的发展并不是个案。半个多世纪的发展证明,那些"百强村""明星村"许多都是坚持走集体主义道路的村庄。尽管过程有所不同,有的是解散后重走集体主义道路的,比如大寨村、南街村,滕头村和华西村则是一直坚持走集体主义道路的。乡村振兴不能没有集体经济,必须重整和弘扬集体精神,必须依靠集体力量,这是已被实践证明的重要经验。

我们还可以把滕头与周边几个乡村的发展情况进行比较。

傅氏先人原居住的傅家岙村,与滕头只有一路之隔,现有村民1300多人,面积比滕头村大,由于紧靠奉化城区,更具区位优势,更易接受中心城区的辐射与带动。

还有被称为"天下第一桃园"的林家村,是那首《在那桃花盛开的地方》唱响的地方,产出的奉化水蜜桃被称为"中国第一桃"。一首《在那桃花盛开的地方》,可以说为包括林家村在内的几个村庄做了几十年的免费宣传。他们在发展生态观光、休闲采摘为主的乡村游方面,有明显优势。

还有我们之前提到的青云村,户籍人口有838户,2540人,比滕头多几倍。青云村历史上出过不少高门大户,有深厚的文化积淀,现存的古建筑规模很大,也比较完整,在发展古村落文化游方面很有吸引力和竞争力。

这些村,无论是地理条件还是旅游资源禀赋,都比滕头村好得多,但他们的集体经济收入长期在十几万元左右。2017年,青云村在村支书杨海定的带领下,集体收入达到了80万元,已是一个重大突破。据了解，在奉化的353个行政村中，集体经济收入不足5万元的"经济薄弱村"有88个。而滕头村2016年上缴国家的利税已达到10.01亿元，并逐年增加。

是坚持走集体主义道路的优势，让滕头独占鳌头。

你可能会说，滕头有今天，是因为一直都有好的乡村带头人。不错，好的乡村带头人确实非常重要。但不能忘记，是集体主义道路培养了具有集体主义精神的乡村带头人。

拿傅嘉良来说，他的集体主义精神并不是先天就有的，是新中国的集体建设让他看到了集体的力量。十五年的改土造田，并不只是收获了焕然一新的家园，更培养出全体村民坚持走集体主义道路的信念和决心。

傅企平是在他的培养下成长的，并亲身参与了那个伟大的工程。对于走集体主义道路的优势，傅企平也看得非常清楚，因此在市场经济的浪潮到来时，仍然保持了滕头经济以集体所有制为主的性质。傅平均在傅企平身边接受了长达十二年的熏陶，自然而然地接受了集体主义的思想，因而在他"临危受命"时能够守住"底线"——凡完全建立在村集体资源基础上的公司，百分之百属于集体；经营性的公司，集体要占51%及以上股份。

我们从滕头的发展中看到，只有坚持集体主义，才能保证党的领导在乡村建设和农村人民生活中有效地发挥作用。滕头村党组织的战斗力、凝聚力，都是通过集体来实现的。只有农村集体所有制在，才能保证党的政策得到自上而下地有效贯彻与实施。再以青云村为例，在杨海定担任党总支书记以前，村里连班子会都开不起来，环境脏乱差，那么好的人文资源长期被闲置浪费。杨海定接手以后，青云村通过"干群合力推进美丽新农村建设"，七年有了变化，先后获得"中国传统村落""国家级美丽乡村示范村"等几块国家级牌子。

杨海定本人过去是一家企业的老板，年收入近百万元。2010年，他被推选为村党总支书记后，放弃了自己的企业，挑起了改变青云村后进面貌的重担，并立下誓言："这个书记要么不当，要当就要当好。"在他的带领下，青云村由一个矛盾村、落后村变成了国家级示范村。然而，就在2018年5月，长期带病工作的杨海定因劳累过度猝然离世，年仅55岁。

青云村村民说，杨海定一直有一个"青云梦"，就是要让青云变得和滕头一样。他上任后依靠"干群合力"，就是学习滕头经验。

走集体主义道路，是滕头村民自己的选择。新中国成立，是以往几千年分散耕种的土地伟大的转机，滕头村民从农业时代的互助组一路走来，到村办工业的时代，村民的集体意识已然成为一种集体自觉。在前所未有的工业时代和几乎接踵而至的信息时代，村干部的领导能力、政策水平，以及在关键时期做出正确选择的能力等等，都是在组织起来的集体主义制度下逐渐成长和成熟的。他们的才干也只有通过集体才得到跨村跨县跨省驰骋南北的极大发挥，否则只是指挥自己那一亩三分田，如何施展！

如果没有集体机制、集体精神和集体力量，滕头原本那一小片贫瘠的土地不可能有那么多生存资源。因为始终坚持走集体主义道路，才有了滕头政治、经济、社会资源的不断积累。在这个过程中，那些没有坚持走集体主义道路的乡村，自然被一步步甩在了后面，而且差距越来越大。

因此，乡村发展要不要坚持以集体主义为主导，并不是一个思辨性问题，而是一个常识性问题。今天还要反复讨论这一问题，只因我国很多乡村实在分得太久、太彻底了，很多干部头脑里已经没有了"统分结合"这个概念，甚至认为重提集体主义就是要开"历史的倒车"。

其实早在1990年4月，时任中共宁德地委书记的习近平就写过一篇文章，题为《扶贫要注意增强乡村两级集体经济实力》。文章虽然主要讲扶贫，但对于乡村的每一个发展阶段都是适用的。文章第一段就开宗明义地写道："我强烈地感到：在扶贫中，要注意增强乡村两级集体经济实力，否则，整个扶贫工作将缺少基本的保障和失去强大的动力，已经取得的扶贫成果也就有丧失的危险。"以下是他调研得来的详细数据——

> 据我了解，在全区120个乡镇中，年有资金30万元以上的只有20个，占17%；10万元至30万元的有73个，占61%；10万元以下的有27个，占22%。在全区2083个行政村中，村级集体经济实力在5万元以上的只有105个，占5%；2万元至5万元的只有217个，占10%；2万元以下的村却有1761个，占85%。约有一半以上的行政村连正常的财务开支都难以维持。

这些数据显示，大部分行政村集体经济"空壳化"的程度已很严重。正是这严峻的现实，使习近平在第一段话里就写下"我强烈地感到"。

"为什么乡村集体经济实力会出现弱化现象呢？我认为，主要是近几年我们在指导思想上忽视了乡村集体经济实力的积累和发展工作。在有关脱贫致富的宏观决策中,没有把发展集体经济实力摆到应有的位置。"这里,习近平已讲到"有关脱贫致富的宏观决策"有欠缺,接下来就直言"农村在实行家庭联产承包制时"存在的问题——

  特别是一些农村在实行家庭联产承包制时,没有很好地理解统一经营和"归大堆"的区别,放松了"统"这一方面,需要统的没有统起来,不该分的却分了,其结果是原有的"大一统"变成了"分光吃净",从一个极端走向另一个极端。在有些地方,合作化以来积累起来的集体经济实力的绝大部分化为乌有,幸存下来的集体经济实力也失去发展的基础与动力。

面对这个局面怎么办?当时身为宁德地委书记的习近平,首先要在他的职权范围内,给干部们讲清楚怎么看待这个问题。他写道:"有的同志说,只要农民脱贫了,集体穷一些没有关系。我们说,不对!不是没有关系,而是关系重大。"

这里在"不对"后面特地加了感叹号,更显得斩钉截铁,意志坚定。

为什么不对?习近平认为:一、加强集体经济实力是坚持社会主义方向,实现共同致富的重要保证。二、发展集体经济实力是振兴贫困地区农业的必由之路。三、发展集体经济实力是促进农村商品经济发展的推动力。四、集体经济实力是农村精神文明建设的坚强后盾。

二十世纪八十年代初,滕头村留住了来之不易的集体资源,将集体资源迅速转化为面向市场的优势。滕头的实践证明,在市场经济环境下坚持集体所有制更有优势,这让滕头人既享受了市场的"红利",又享受了集体的"红利"。

2018年9月，习近平在中共中央政治局第八次集体学习时强调："实施乡村振兴战略，各级党委和党组织必须加强领导，汇聚起全党上下、社会各方的强大力量。要把好乡村振兴战略的政治方向，坚持农村土地集体所有制性质，发展新型集体经济，走共同富裕道路。"

我们看到，始终坚持农村土地集体所有制性质，发展集体经济，走共同富裕道路，在习近平的头脑里是一以贯之的。

我们必须认识到，不走集体主义道路，不把农民组织起来，是不可能让农民彻底摆脱贫困的，也无法真正实现乡村振兴。

我们还须认识到，走集体主义道路的好处，不仅仅是经济的富裕，还有精神的富有。就像傅德明说的，是集体让他感到"政治、经济和精神都有了"获得感、幸福感。

一个只追求一家一户利益的村庄，个人会变得自私，这样的个人和村庄，会有前途吗？如果傅嘉良、傅企平和傅平均都以追求个人富裕为目标，滕头会有今天吗？

"我是滕头人。"我们听到滕头人会这样不无骄傲地说。滕头人的这种自信和底气，很多时候是缘于有集体这个"靠山"。

集体，不仅是滕头人的经济保障，也是滕头人的精神归宿。

集体主义道路，就是滕头人的道路自信。

2 | 干事业要有"一犁耕到头"的精神

滕头的发展，除了得益于对集体所有制的坚持，还得益于"一犁耕到头"的精神引领。

改土造田的成功，使滕头人总结出了最初的滕头精神"一犁耕到头，自己救自己"。改革开放以来，滕头精神又发展为"一犁耕到头，创新永不休"。

"一犁耕到头"最初是对改土造田这一工程的总结式表述，意思是既然已经出发，就要坚持到底。傅嘉良把这句话提炼为滕头的基本精神，既形象生动，又精准有力。而且，随着时代的发展，这句话的内涵也越来越丰富。

首先，"一犁耕到头"包含了艰苦奋斗的精神。

滕头人一直是苦过来的。尽管他们早就熬出了头，但吃苦成了他们获益的一种传统，一种素质。从傅嘉良一代的"做煞大队"，到傅企平的"零娱乐"，再到傅平均这一代年轻人，他们身上都有这种吃苦素质。滕头的富，是从苦中奋斗出来的。

在滕头人搬迁回村的世博馆里，有一面"劳动墙"，墙上挂着滕头村获得各级劳动模范的干部和村民的影像。滕头的三任书记，都曾获"全国劳动模范"荣誉。劳动墙分为四个部分："劳动最光荣""劳动最崇高""劳动最美丽""劳动最伟大"。那不是口号，那是对劳动和奋斗的真诚歌颂。

人生要有一种奋斗的状态，而奋斗总是和艰苦连在一起的。丧失奋斗精神，生命将难免走向沉沦。古人早就说过：生于忧患，死于安乐。一个人如果只想安乐，终究难免会"死于安乐"。滕头人是在每一次与苦难的搏斗中，收获到苦难给予他们的"红利"，并在这个过程中实现了一次又一次的飞跃和升华。苦难并不可怕，关键是面对苦难的态度。

我们注意到，滕头的三任领导人都非常注重艰苦奋斗精神的传承。能不能吃苦，几乎就是他们考验选用干部的第一标准。如果傅平均、沈静波、袁坤这些年轻人吃不了苦，是不可能留在集团担大任的。重视"吃苦"，这是滕头非常可贵的地方。

"一犁耕到头"，还包含对优秀传统的坚定继承。继承与创新，继承在前，创新在后，没有继承，焉能创新。比如傅企平和傅平均坚持走集体主义道路，都是继承了前辈之所以成功的根本。世界上没有抛弃根本而能成功的。

"一犁耕到头"，还意味着发展的连续性。滕头村为什么能长保先进，前任村主任傅志国曾这样总结："一个是老书记的眼光放得开，再一个是接班人选得好，还有一个是村干部比较稳定。"

傅志国认为这三个因素中，村干部的稳定是关键性的。滕头村干部能做到思想一致，也是因为长期稳定。很多地方不是这样。拿村主任来说，村主任一般三年一届，熟悉工作至少半年，真正工作时间最多两年。这时如果再换一个，原来的思路、规划就可能中断，因为其他人接手后不一定按这个思路走。如果不能保持连续性，原来积累的东西就浪费了。现实中，除了滕头，中国发展得很好的村，多是领头人干的时间长而且接班人选得好，一任接着一任干的村。

3 | 要有主动学习的精神

前面我们已经提到,滕头能够成为"常青树",跟滕头人一直主动学习,并且善于学习有很大的关系。这种主动学习的精神在三任书记身上体现得尤为明显。

傅嘉良只读过三年半书,傅企平和傅平均都只读到初中毕业,他们的"基础学历"都不高。但是,这三个人都是善于学习并能学以致用的典型。

傅嘉良和傅企平的学习,首先是非常注重对国家政策理论方面的学习。多年来,他们坚持每天看报。读过的报纸,他们都会叠放得整整齐齐,四个角压得平平展展,对报纸恭敬之态度,世所罕见。叠放整齐,一张不落,是为了随时反复看。除了学习政策理论,还有专业方面的学习。如傅企平多年来一直订阅《中国园林》,每期必看。

滕头的发展之所以总能领先一步,而且发展的质量很高,成为获得二十多项国家级荣誉和两项世界级荣誉的"明星村",这跟领头人每天读报看书学习有直接关系。在早先没有互联网的时代,哪怕每天只读一份《参考消息》,也是在培养"全球视野"。

傅平均是信息时代成长起来的年轻人,他学习的条件比前两任书记要好得多。在这个知识爆炸的时代,他能够不为海量的信息所惑,能从中获取有用的,活学活用到滕头新的实践当中,也可称学以致用的典型。

你可以看到,滕头人的学习不是盲目地学,而是要做什么学什么,边学边思考,边学边做,所以他们能够对国家的各项政策创造性地消化、吸收和利用,并产生自己的独特见解。所以滕头不人云亦云,不随波逐流,总在引领潮流。

在采访傅嘉良时,他说了一句话:"不是上面干部讲的话都要听。如果他们说的不合实际,自己要有脑子。"在滕头发展的每一个时期,滕头人也都遇到了新的形势、新的困难、新的压力,但是他们在试、看、闯中一步步创新发展,在实践中坚定了走集体主义道路,统一了立足生态发展的思想。这是学习的智慧、思考的智慧、实践的智慧。

4 | 要有敢于担当的精神

正如一个人的成功，通常并非赢在起跑线上，而是赢在转折点上，滕头的成功也得益于他们在每个转折点做出了正确的选择。做到这点，既需要智慧，也需要敢于担当的精神。

比如最开始发展立体农业尝试种橘树时，上级领导对此还没有清醒的认知，甚至一再发出警告，傅嘉良却能为了滕头的发展据理力争，不惜"得罪"上级。

早在1969年，傅嘉良就联合乡亲办起了一家胶木厂，生产塑料、橡胶等产品。当时有上级领导认为这是"资本主义尾巴"。但傅嘉良坚定地认为，滕头如果停留在单纯的农业耕作上，是不可能走出贫困的。政策明朗化以后，很多地方开始办厂时，滕头村已经积累了不少办厂的经验和"家底"了。

在每一个关键的转折点上，在产业的发展上，滕头领导人的选择，其实都是要冒风险，甚至冒政治风险的。但他们没有考虑怎样去迎合上级，总是考虑怎样对百姓有利。于是，傅嘉良有句话也被傅企平继承下来："上级领导的话要听，但是怎么做，还是要听听群众的意见。"

因此，在很多领导对傅企平提出"并村"的要求时，他没有简单照办，而是组织干部群众讨论，然后拿出了"区域党建联合体"的办法，带动周边乡村共同发展。

不知道从何时起，敢于担当成了领导干部的一种"稀缺品质"。很多人不愿担当，不敢担当，抱怨现在"环境不好"，信奉"不做事，不出事"。如果这样，怎么能引领乡村振兴呢？

看看滕头这些基层"最小的官"，他们是如何敢于承担，如何为了一村的发展而殚精竭虑……我们想，如此一对照，讲一讲滕头领导人的敢于担当，便不算多余了。

改革开放的成就要归功于群众，归功于时代，这是滕头三任党委书记的共同认识。所以，他们敢担当，因为他们有群众这个"靠山"，群众是滕头的主人。

既能顺势而为，又能逆势而动，才使得滕头一代代的领导人拉着滕头村这张"犁"，一往无前，犁出滕头发展的新天地。

5 | 寄语文化振兴

你看到了，滕头村的发展史真是如一颗精致的钻石，有很多的闪光点。这些闪光点，都是值得其他乡村去重视和学习的。

我们在对滕头的采访中，也不是没有遗憾的地方。我们发现，除了第二代的"农家楼"，已经找不到多少乡村往昔岁月的痕迹。比如当年改土造田的地，要是辟出一块来，供今人瞻仰，或者做成立体农业、生态农业的体验项目，这应该是很有意义的。但是我们没有看到。新中国第一代滕头人改土造田的英雄壮举，应该是滕头最有价值的天然博物馆的一部分。还有原来挂有"殷别遗宗"匾额的傅氏宗祠，对滕头人来说，它的文化意义是很大的，也没有得到重建。

乡村振兴，肯定不只是经济的振兴，还要有文化的振兴。没有文化，乡村就没有根。乡村文化元素的消失，消失的并不是一般意义的乡村，而是我们祖先一代代传下来的中华传统文化。

最后我们记起，本书序章曾经提及：人类有没有第三种栖居地？滕头村是吗?

滕头不是城市,但在互联网时代,滕头有城市有的东西,还有城市没有的东西。譬如含氧量极高的空气,透明的阳光;譬如水乡,鸡鸣犬吠,野鸭悠游,白鹭来栖,群鸽飞翔。

滕头是乡村,也是一个国家AAAAA级景区。这简直就是神话。滕头村民所持的都是滕头农村户口,滕头村按此户口每月发给每个滕头居民包括初生婴儿的1500元福利费,显然已经不是按劳分配,可视为较低需求的按需分配。就是说,即使你完全没有劳动能力,每月发给你1500元,也是可以保障基本生活的。如果生病,完全免费医疗。这是终生保障,而且可以子子孙孙享有,只要你持有滕头户口。

哪一个城市,能对生活其中的每个居民做到这样?

哪一个村庄,能对生活其中的每个居民做到这样?